SNCE inc.
漫娱文化
小说馆
《小说馆》书系

宠物萌萌哒

宠物逸闻趣事

目 录 | c o n t e n t s

我的小狗老了

文/江南

它坐在斜阳里、寒风里、雾霾里看着来往的人类，
它还记得我么它还想念我么？

夫人说我的小狗老了，长了很多白毛，没有以前精神了。

心里一紧，忽然间就想回去看看它。

小狗是我捡来的，在一次深夜晚归的路上，在一片低矮的灌木丛里，它发出呜呜的叫声，似乎是畏惧冬夜的寒冷或是因为被抛弃而微微地颤抖着，只有巴掌大。我捡了它，下了很大的决心说要养它，因为那时我还住在出租屋里，自己的衣食都没有着落，办着一间小公司，有时赚钱有时亏钱，有个女朋友，但婚期似乎并无着落。没有人许诺我未来，而我要许诺这条小狗未来。

但我还是决定要许诺它未来了，因为在那个黑夜里相遇，我觉得我们有缘分。

又或者是我把自己投射在它的身上，也希望在这个茫茫的世界里有人不放弃我。

巴掌大的小狗养起来应该没问题吧？我心想。然而第二天我带它去看兽医，兽医说这可是条大狗诶，你看它有大大的爪子，大爪子的小家伙，长大了个头也会很大。我心里“咯噔”一声，在那间小小的出租屋里有个小小的、跑来跑去的萌物也许还可以，一头凶猛的大爪子雄犬实在是无处容身。

我想把它送走了，但女朋友来看它的时候很喜欢，于是就养下了。

我买了狗粮和脖圈，上网查看养狗的攻略；晚上下班之后早早地回出租屋，因为狗是要遛的，不遛它会抑郁；我学着给它洗澡和吹干，但它把水弄得满地都是。它非常不乖，我要它往东它偏往西，一不小心松开狗绳它就跑远了，但它并不跑得你找不到，而是在你抓不到它的距离上等着你，等你接近它的时候它就继续往前跑，这样它永远都是自由的，但又永远不会跟你分开。

它丑丑的，浑身杂毛，作为一只小公狗，品性非常不好，不但追着小母狗们的屁股转圈还会抱着我的腿蹭来蹭去，偶尔出现在我家里的女客人被它蹭过几次都很尴尬。

它还非常排外，连我母亲它都不客气。母亲来出租屋看我的时候，小狗怕我母亲，躲在角落里，而母亲怕狗远胜于小狗怕她。很快小东西就发现了敌人是只纸老虎，立刻凶悍起来，虚张声势地吠着，吓得母亲没坐半小时就走了——以往她总要陪我说上几个小时的话。

总之这就是一条小贱狗，没有什么长处，浑身的毛病，养它连拍照发微博的好处都没有，它跑得飞快，在镜头里总是一团虚影。

不久之后它真的如兽医所说长成了一条大狗，力大如牛，别人遛狗都是小狗围在主人的脚边转圈，我遛狗是狗拖着我飞跑，好像我是狗绳上的一件装饰物。

但好像有它在了，那个狭小而寒冷的出租屋就有点家的感觉了。那时候我拥有的东西就这么多，一个能遮风避雨的屋子，虽然是租来的；一个婚期未定的女友，但好歹也是漂亮女孩；一条捡来的种类不知的小狗，哦不，彼时的它已经是条大黑狗了。

像一部老电视剧的名字：《篱笆·女人·狗》。

但不久那位婚期未定的女友就跟我分手了，忽然这种似乎有点完整的家一样的感觉就消失了，出租屋里，我坐在沙发上喝啤酒，小狗其实已经颇为庞大的身躯缩在角落里。这家伙忽然聪明起来了，知道察言观色了，感觉到我的低气压，尾巴无神地扫着地面。

一个败极了的人和一条败极了的狗，静静地相对了几个小时，我招手说你过来，天晓得鬼知道那家伙为何那么给面子，来到我身边允许我摸它的脖子。直到那一刻我的眼泪才落下来，我说没有什么难题是我俩克服不了的对吧？我们会一起称霸天下，你是只血统不明的土狗但那并不要紧，你会备受瞩目因为你是我的狗。也不知道那家伙是不是真的听懂了，总之那晚它在我身边呆了很久很久，直到我在它的饭盆里添了新的狗粮它才跑去吃饭了。

我继续办着我的小公司，写着我的书，每晚精疲力尽地赶回家遛它。严冬腊月它等我等得很焦急，干脆就在屋里撒了泡尿，然后自己毫无节操地坐在那泡尿上冲我汪汪。

它还是那么丑那么不乖，而且越来越小霸王，骚扰路上遇见的漂亮女生，追着任何拎着塑料袋的家伙猛跑，因为它相信塑料袋里有吃的；力大无穷所以磨断了好几根狗绳，挑衅纯种名犬，可被人家的狗一吼就藏在我身后。

我实在说不出它有什么明显的优点，它能给我的最大安慰就是让我摸摸它脖子上的毛，偶尔它高兴会用湿哒哒的舌头舔我的脸。

为什么要坚持养它呢？也许就是不愿意认输，也许是在最寒冷的冬夜里，让我摸摸脖子毛的小温暖也足够给我勇气走下去。

创业并不那么顺利，但事后回想，情况在一年一年地变好。不知道哪年开始，我们的客户会拿出八位数的合同了，我们从北京周遭搬到了核心的 CBD，正对着国贸中心，团队不知不觉地变大，新的实习生我都叫不上来名字，我把家也搬到了市中心，我有一间很大也舒适的公寓。

我不再记得每一笔进出，财务告诉我大概的数字我签字就好了，我也不再字斟句酌地看合同，因为我有个很强悍的会跳芭蕾舞的高个子助理，她看过的我都放心。连我们的融资都是副总和助理出去谈的，她们辛苦工作的时候，我在写我的小说。

终于有人愿意跟我结婚了，夫人年轻美貌而且萌，是个当过模特的高个子姑娘，在北欧学的经济学硕士，唯一的缺点是太爱收集娃娃和有太多的快递单。

结婚当然有各种各样的财产问题，我不是说钱车房子，而是我和我夫人加起来有四只猫一条狗，这些都是婚前财产。我夫人的猫猫们都是暹罗，虽然也是些小串种，但看起来都很像贵族猫，它们出生在三层的别墅里，习惯于在楼梯上跑上跑下。

我的小狗不是，它在灌木丛中被捡到，它长大在狭小的公寓里，它满身都是坏习惯，它还没有做阉割手术，因为我觉得那对它不够狗道，我想着这家伙哪天也会泡到属于它的小母狗呢。不阉割的结果就是它特别能闹，一刻不停，躁动得像个青春期到来刚长胡茬的小男孩。

岳母就劝我说，你们的猫猫狗狗不能这么养了，贵族猫们会在你们的欧式家具和手工地毯上练爪子，小狗更糟糕，它会在上面撒尿，不如这样吧，小猫们送回老家养一段时间，小狗送去公司的大院里养，保安会照顾它的。

就这样，猫猫狗狗们都被送走了，我住进了市中心的大公寓，公寓里空空荡荡，我喊我夫人一声，声音要转好多弯才到她耳朵里。

小狗倒是很开心的，到了郊区的大院里，它少不得要受点风寒但可以在深夜里四处瞎跑，到处追求小母狗，它的毛色显得有些脏了，一半像家养的一半像野的。

我开始还经常去看它，后来渐渐地少了，开始的时候每看到我它就跑过来在我面前蹦跶，后来它看我的眼神渐渐地有些迷惑，要过一会儿才会认出我来，然后跑过来舔我的脸。有人说狗狗的记性很好，可就算人类那样的记性，时过经年你换了衣服换了模样也未必能一下子认出来。

我在市中心，我的小狗在郊外，我们并未一同地称霸天下，它也并没有名扬四海，还是一只不守规矩的小土狗。我偶尔会想起它，却很少去郊外看它，北京是个太大的城市，我和小狗隔着茫茫的人海和车流。

我不时看到别人遛狗，都是一些温驯娇贵的柯基犬或者泰迪，说真的，它们可漂亮，而且不闹能养在家里，早早地做完了阉割，像个人类的孩子那样懂规矩。我也很想养一只柯基，可每逢这个时候我就想起我其实是有狗的，我的狗个性很糟糕它并不在我的身边，但它还是我的狗。

它就像我那些年里的老兄弟。它的寿命比我短老得比我快，如今的它已经不是一条大黑狗而是一条老黑狗了，它还在继续追逐小母狗，可是跑起来有点喘气了，它长了很多白毛，像是苍苍的白发。

它坐在斜阳里、寒风里、雾霾里看着来往的人类，它还记得我么它还想念我么？也许它有小母狗们就并不需要我了，也许它觉得我不想要它了也就不必多想。

它没给过我什么，只是允许我摸脖子毛的温暖，和湿哒哒地舔脸，可那是它有的一切它都给我了。我没能和它一起称霸天下，也没能陪着它，我对它没有信守诺言。

写到这里我忽然流下泪来。

那是我的老兄弟。听说它老了我很伤心，我的老兄弟老了，那么我也老了，可我们还不曾一起称霸天下。

家有贱狗

文/沧月

题记：

这是一篇2006年写下的短文。彼时，我刚刚踏入社会，住在一个小小的单身公寓里，走向不可知的生活……就在那时候，小白出现在我的生命里。从最初的抓狂到现在的融洽，不知不觉已经整整十年过去。小白也已经进入了狗生的晚年，活跃度大不如前。

谨以此文，纪念此生一起相伴的日子。

本来，我的生活是很安静乏味的，每日除了画图就是码字。但自从一两个月前今古编辑MM送了我一只狗狗以后，我的生活陡然变得丰富多彩起来……

话说，那天和编辑 MM 去火车站接这只从武汉托运过来的狗狗，折腾了半天，在一大屋子的各种货物中，终于找到了笼子里那只雪白如狐狸的小狗，惊喜地发现它长得和椴家的银狐简直一模一样~

是时，它在火车站陌生的环境里独自待了一夜，正不知所措地左顾右盼，泪流满面。（是真的泪流满面！整个小脸都哭得湿透了，让我惊讶死了，第一次看到狗狗居然会哭 >_<）——看到主人和我一起出现，立刻站起来贴到笼子上，喉咙里发出呜咽声，用湿淋淋的黑眼睛看着来人，仿佛在问：主人你为什么不要我了？

那一瞬间觉得心都软掉了，决定好好地养它。

结果，没有想到随之而来却是长达数月的斗智斗勇……– –!

按照前任主人的吩咐，我把它安置在阳台上，靠近地漏的一角铺了厚厚的报纸作为尿布——果然是被傲月寒训导得很好，它乖乖地如厕，从来不会超出范围，吃东西也不挑食，让我大为放心。

但是好景不长，不久就发现它有一个坏习惯，经常会把尿布撕得粉碎，弄得阳台上到处是一条条报纸，害得我清晨一开门出去就踩到狗 shit~~ 崩溃 ing。

几次厉声呵斥，它若无其事。它分明知道撕报纸是坏事，会让主人生气，但不知为何，还是要锲而不舍地撕。而且每次做坏事后，一看到我出来，就缩回笼子里看我的脸色。我气得顿足恐吓：再撕，就把你做成火锅！它白了我一眼，发现我只是作色、没有动手的意思，便又溜出来蹭着我的腿呜咽着撒娇。

几次厉叱下来毫无效果，想起编辑 MM 走时交待：做错了事一定要扁！

于是便狠下心来，决定身体力行。在一个阳光明媚的午后，我从单位画图回家午睡兼给它添食，拉开阳台落地门，发现又是满眼被扯碎的尿布片，登时怒从心头起，当下把它拖过来，用报纸卷成一筒，准备打它的屁屁。

这一来倒好——我还没打下去，它就开始大声尖叫，声音之惨令人目瞪口呆，撕心裂肺惊动左邻右舍，连对面人家那条精悍帅气的杜宾犬也开始不停狂吠，抗议我欺负它的同类。我满心诧异，以为自己下手太重，但是报纸筒怎么可能很痛呢？于是便怀疑地回过手，在自己腿上打了几下，想试试力道的轻重。

结果……我明明在打自己的腿，它却还在装模作样地继续惨叫！

这下可真的把我气坏了，当下扔掉报纸，用手打它屁屁。结果打了几下，它什么事都没有。（毛厚得很，两寸多长呢~怕什么？）当我打完了停下来休息时，它甚至连逃都不逃，就斜卧地上，眼神挑衅地斜视我，然后伸舌头舔舔我的手，意思大概是“真是辛苦你了”。

那一瞬我觉得自己被一只狗打败了……

OMG，怎样才能让它明白“主人很生气，后果很严重”并心怀敬畏呢？

被打败之后，我回房间继续码字，用不理睬它作为惩罚。它在落地玻璃门外看着室内，趴在门上不停地唧唧歪歪，发出类似鸟叫的声音，召唤我去陪它玩儿。虽然万分惊讶一只狗居然能发出母鸡的声音，我还是横下心置之不理，继续在电脑前工作，给它一个背影。

结果！片刻后，我再出去，刚收拾好的阳台又是一片狼藉！而它一看到我出现在落地窗前，挑衅地斜视一眼，立刻躲回笼子。

抓狂无比。

到处询问有养狗经验的资深人士该如何是好。有资深养狗经验的台湾妹子给我献上了一个法子：罚站。就是让狗狗两只爪子扶在墙上，后脚着地站着，不许它下来。但是那个妹子说，罚站的时候主人一定要站在一边盯着，脸上表情要狰狞，语气要严厉，一旦它有溜下来的意图就要厉声骂，并用报纸筒敲击地板恐吓之。站上几次，它就会记住了。

大喜，立刻实行之。结果……我发现它根本不肯扶墙！

把它的两只前爪按在墙上，喝令它站立，结果它就如一摊扶不上墙的烂泥，我一松手就懒懒地靠着墙溜下来了，再扶再溜，软若无骨浑不受力。大怒，用报纸筒恐吓之，它才不情不愿地站着，一边站一边不错眼地打量我的表情，试探我是否真的生气了。我想起台湾妹子的忠告，极力做出恐吓的表情蹲下与它对视，手里紧握报纸筒。

神啊……这数九寒冬，居然要我裹着睡袍站在阳台上陪一只狗罚站！

（蚊子：靠，这是谁给你出的馊主意！是罚你还是罚它啊？）

罚站五分钟不到，它还没累呢，我蹲着都觉得腿酸兼冻僵了，发誓下次再也不用这种法子。它扶着墙，眼睛骨碌碌地转，不间歇地看着我。毕竟做凶恶的表情太累了，我一个绷不住，脸上表情一松，它立刻就趁势溜下来了 orz……我火冒三丈地揪着它耳朵，挫败地问：你是不是想气死我呀？！它无辜地看着我，伸出粉红色小舌头舔一舔。

我打着喷嚏回屋，转头就看见它继续在阳台上活蹦乱跳地玩皮球~皮球一滚到夹缝里，它就在外面不停地叫，召唤我去帮它弄出来。无奈，我只好出去，搬开柜子，费力地帮它捡出来。但不出十分钟，球又被踢进去，我只好又出去捡。如此回环往复，我真成了它的召唤兽了，折腾得筋疲力尽，再无法集中精神码字。

后来想，难道它就是把那个夹缝当作球门来踢的？

向老妈发牢骚，老妈却不同情我，说你平日太宠着它了，所以它一点都不怕你。反正也知道你只是装模作样地生气罢了——这狗可聪明着呢！

可是……可是……划圈圈，我好像还不会发飙呢……无论对人还是对狗 -_-。

感觉只有一次，它的确是觉得害怕了。那次是凌晨 4 点，它不知怎么的兴头上来了，从笼子里溜出来，在外狂叫，热情无比地呼唤我出去陪它玩——是凌晨 4 点啊，各位！我刚工作完筋疲力尽地睡下去一个多小时。大家可以想象一个人在倦极要睡的时候几次被打扰是什么心情……这简直是天底下最令我暴怒和不可原谅的事！

在它叫到第三遍的时候，我终于无法忍耐。一怒之下从被窝里跳起，披头散发，裹了睡袍冲出阳台，不由分说把那只超级兴奋的狗狗按在地上就是一顿海扁。（阿弥陀佛，幸亏谁也看不见一贯自诩淡定从容的我是何等气急败坏的模样。）那时候睡得迷糊，大怒之下，可能是真的下手挺重，它终于没有再像平日那样躺在地上无赖而无畏地看着我，而是挟着尾巴在我身侧团团转，不停看我的脸色，发出受惊吓的呜咽。

当我气平兼冻醒了，蹲下把手伸给它表示和解时，它呈“之”字形的垂头挟尾慢慢蹭过来，很小心地看看我，然后试探地舔舔我的手指。我打着哈欠摸摸它脑袋，一指笼子，它半秒也没有多待，“噌”的一声便钻进去了，然后闭嘴安静地待到了天亮，连我隔日起晚了没及时给它添食换水也不敢抗议一声。

而且那之后，它再也不曾在半夜狂吠。

但它所能记住的教训，似乎也只有这一次而已。

还是照样撕尿布，还是照样乱踢球，还是不停学鸟叫，还是在我一作色还没打下手的时候就抢先惨叫……如此种种，让我觉得自己被一只狗打败了，再无办法收拾它，再无办法树立主人该有的威信。

而它让我丢脸的还不止于此。那一次晚上加班，怕它独自在家无聊，于是费了很大力气把它装进宠物袋，带到办公室里来。结果它大概是闻到了一个女同事身上沾染的气味（那个女同事家里养了一只母狗，正在发情期），立刻把她当成了同类来求欢，抱着她的靴子哼哼唧唧地耍流氓，弄得整个办公室的同事哄然大笑，那个女同事更是笑得差点从转椅里跌到地上……OMG，才一岁都不到呢，你就学会耍流氓了？！贱狗，我发誓再不带你出来了！

不过，它乖的时候，也实在是很可爱的。

我经常装作不理它，抬眼看天空，它便围着我的脚边团团转，发出各种奇怪的声音希望引起人的注意。当我绷不住笑起来时，它立刻知道主人在看它了，就会用身体大力地蹭我的脚背和小腿——用力之大，有时候几乎把蹲着的我撞倒。如果再不理睬，它就使出最后的杀手锏：色诱，斜躺在脚边，四脚朝天露出肚皮，玉体横陈，嘴里不停呜咽，眼巴巴地看着你示意你来爱抚它。

……叹气。实在是一只很贱的狗狗啊！天生一副小受相，真让人受不了。看看人家小椴的狐狸，虽然也狡猾也爱妒忌，好歹还像一只小公狗的模样，你看你，哪里有一丁点男子汉的气概？

开口喝令它过来，它就欢天喜地乖乖在面前坐下，然后抬起一只前爪，小心翼翼地放在我的掌心，眼睛盈盈地盯着我，过一会儿，又勾着爪子把我的手拉近身侧，伸出舌头小心地舔一舔，然后再抬头深情款款地看着我……可爱死了，让人简直恨不得把它揉捏成一团抱在怀里。

所以说，虽然有着开头所说的诸多麻烦，还是忍了吧！

嘿，
猫说它掉了一条小鱼干

文 / 烟 罗

我养过很多猫。

我的微博名字都在烟罗后面带了个“猫猫”。

我一度在梦里幻想自己就是一只猫，因而傻笑出声。

但是我没有买过一只猫。

我拥有过的猫主子们都是这样来到我的身边的。

中华田园猫小米，是一对大学生情侣送来的，奶猫的时候他们把它带回宿舍，大了以后不得不送走。

异国短毛猫小八，是从一个培养过无数国际大奖猫的猫舍淘汰出来的，因为幼时品相极佳本来准备作为种猫培养，却不料得了严重的肾病而被放弃。

波斯猫小月是个长鼻子加暴牙，出生就被嫌弃，我看到它的时候它被门夹断了条腿。

而喜马拉雅猫小美，是一位同事送的，同事要出国，留下它和一群狗朝夕相处，送来时有着严重的皮肤病和耳螨，而且大概是被狗们吓的，至今仍然极其胆小敏感。

它们之前的主人不是我，当它们来到我家的时候，都是已经有了名字的，于是我至今也没有机会为一只猫取名。

但是这没有妨碍我和它们成为一家人。

是的，在我的生活里，它们就是家人。

猫是一种个性极其鲜明的动物。

它们是公认的敏感、自我，而我总觉得它们心事满满。

无论是独自看着夕阳的时候，还是躺在地毯上四仰八叉睡着的时候，或是一脸甜蜜卖萌撒娇的时候，甚至从便盆里跳出来大叫着要你赶快清理的时候……

它们总让人有一种隐隐的感觉：这一切都是表象，而它们的内心，仍然固守着一方天地，对你有所保留。

养猫的人，常常笑称自己是猫奴。

大概就是起意于此。

在猫的眼里，忧郁、卖萌、傲娇，都是目的明确、直指人心的。

你要爱我、宠我、抚摸我、喂饱我——让我变得幸福。

而你也会因为我的幸福，而感觉幸福起来。

这种奇妙的相互依赖，恰是乐趣所在。

大概也如爱情中的乐趣一样，此处和彼处，看的都是风景，而只有身在其中的人，感受的才是不足为外人道的苦辣酸甜。

与他人何干。

时光如藤蔓不知疲倦地疯长，悲伤如潮汐来去，人生仿佛坐着一条小船，途中不断相逢与告别。

现在陪伴在我身边的，是小美。

我用了很多心力，治愈了它的皮肤病和耳螨，然后它的身体就开始像一个毛绒绒的大球般快活地充实了起来。

现在已经是它来到我身边的第四个年头，它卧在那里，傲娇安详，华丽的长毛让每一个初见它的人都小小惊叫。

朋友们称它女王，其实它的内心里一直觉得自己是个小公主。

小公主的脸是咖啡色的，耳朵和四个爪尖以及尾巴都是咖啡点色，其余的地方是乳白色，类似大熊猫的那种重点色分布。

其实见到真猫的时候都会啧啧称赞这种毛色，然而咖啡脸小公主却有着不上镜的烦恼，无论怎么美颜自拍，那脸都是凶巴巴的，一点都不软萌甜蜜。

小公主好生气，所以笑不出来。

笑不出来的小美公主，就极尽所能地用行动表达它的软萌。

比如，在我们看电视的时候，跳到腿上来像小奶猫一样踩奶。

比如，在被抱起的时候，施展出柔若无骨功，自由地在人的怀里摊成各种形状。

比如，会用各种百转千回的奶音来撒娇。

比如，在任何时候听到呼喊它的名字，都会飞快地出现在面前。

……

像个孩子一样，它也有很多很多引起烦恼的瞬间，然而，一回想起来，竟不如欢乐的瞬间记得清楚，多数都已忘记了。

大概是在它两岁的时候，我们给它相过几次亲。

来相亲的男喵都是品相上佳的世家公子哥，从我等凡人眼中看来，绝对是嫁女儿的上佳喵选。

然而小美公主狂性大发，差点把刚准备献上小鱼干的帅男喵打出翔。

第一次第二次我们以为是爱情尚未来到，此喵不入芳心，于是愚蠢的开始积极寻找下一个目标。

直到第三次第四次仍然重复这个悲剧的结局，我们才终于领会到——

小美公主觉得，自己还是个宝宝。

宝宝的日常是吃饭卖萌踩奶傲娇，宝宝才不要相亲去伺候男喵。

于是，恍然大悟的我们，再也不敢造次。这样妥协的结果，就变成了小美至今仍然觉得自己是个小宝宝，而且，我们猜想它这一生，都不打算成年了。

这样不幸福吗?

这样很幸福啊。

人生有那么多不由自主，那么多求而不得，那么多不得不，那么多要妥协，可是，当一个鲜活的小生命，在你的呵护下，活得任性一点，活得自我一点，活得像儿时很多人都曾经有过的那个不长大的愿望，于是，仍在浑浊人世间苦苦挣扎的自己，是真的能够得到一些慰藉的吧。

有时候深夜写稿 ，点一盏灯，听窗外风流淌过叶梢的美妙声音，故事里的人仿佛在悄声对话，而笔记本前的猫露着雪白的肚皮已经呼呼睡着……

就会想，啊，猫的梦里，此刻有着什么呢?

也许它们从来没有人们所想的那样心事重重，又或者它们曾经心事重重，但在经年累月的爱里，它们已经得到安全感。

于是最大的烦恼，就是在梦里失去了一条本已到嘴的小鱼干吧。

当我们有许多大大的梦想尚未实现，那么能够照顾好某一只小小的生命，实现这样一个岁月静好的小小时刻，那也很好。

这大概就是有一个宠物为伴带来的乐趣。

如果爱能够让每个生命变得尊贵慵懒，那么人人都多一点付出，这个世界会不会变得更好一点呢?

写到这里，突然就在心里哼唱起来了呢。

霸道总裁与傲娇小白

文 / 玄 色

做一只猫呢，最重要的是颜要好。

做一只流浪猫呢，最重要的是脸皮要厚。

做一个猫奴呢，最重要的是会铲屎……

自从养了小公主之后，我娘亲便爱屋及乌，开始喂养小区的流浪猫，每天，风雨无阻。

到现在为止，养了小公主八年，我娘亲的这个习惯也坚持了八年。

因为我宅在家里，我娘亲觉得我连楼都不下，便拉着我一起下楼溜圈，普照众喵生。

成为流浪猫的原因很多，搬迁遭主人遗弃的、自己跑丢的、被帅猫或靓猫勾搭出家门的、生下来就是流浪猫的……

我家小区的流浪猫品种繁多，高贵的血统如长毛波斯、临清狮子猫、暹罗猫、英短……别怀疑，确实有这些流浪猫，不过因为血统比较好，又与人亲近，所以在一堆爱心大叔大妈的帮助下，都被领养走了。

剩下一些普通的中华田园猫，长得好看，又有诸如会卖萌会打滚会蹭腿会求包养等一系列技能的，也纷纷找到了主人。有些甚至刚生下来没两个月，在最萌萌哒的时候就被抱走啦！其实中华田园猫也是颜值很高的，我家小公主就是这个品种，全身雪白，一对蓝眼睛。

没有点亮技能点的流浪猫，不是对人戒心比较重，就是长得不讨人喜欢。

花总裁就是其中之一。

花总裁在叫花总裁之前，是只又瘦又长条的猫，阴阳脸加营养不良的玳瑁皮毛，最不受大叔大妈们的喜爱，甚至还被人嫌弃，被叫做小癞猫。因为毛发疙疙瘩瘩的，颜色不均匀，相比其他白猫黄猫花猫黑猫，颜值天差地别。

我娘亲却特别喜欢它，因为它特别聪明，天天蹲点接送我娘，不会与其他猫打架，瘦到皮包骨，一副受气包的模样，卖惨为生。每天靠送我娘回楼道多走几步路的功力，能多得到一小捧额外的猫粮。

我娘给它起名为花花。

之后，花花就开始不满足于每天送我娘只到楼道口了。

因为，其他猫也学会了！

每次到了喂猫的时间，我娘一出门就会受到众多猫咪前呼后拥的待遇，一路簇拥着到喂猫的地点，之后再一路簇拥着回来……天啊噜，那场面简直如太后出行，一群喵星人卖萌打滚，看到眼睛都瞎掉了有木有！

花花可能觉得它在我娘心目中的地位受到了威胁，又或者只是不满足那一小捧猫粮，反正吃货的力量是强大的，它又成功地点亮了新的技能点——自己学会了如何在我娘开楼道门的时候，身形如闪电般蹿进去！

嗯，送太后，就要送到家门口嘛，这样才显得够诚心！

这项技能，至今尚无其他流浪猫学会，简直就是喵星人中的凌波微步！让人叹为观止！

在我发现花花点亮这个技能点之后，一股危机感刷刷地袭来。

这货都蹿进楼道了！哪天就蹿进我家门口了！那岂不是要直接上门求包养了！

当然，我不介意多养一只猫，但我家小公主真的、真的、真的非常介意！

之前一次，朋友外出旅游，打算把她家的猫寄放在我家两天。我估摸着我家小公主会暴走，跟对方约定先放我家一天试试。结果半夜就出了幺蛾子，实在是搞不定了，只能打电话让她把猫抱走。

还有一次是我娘见一只小黑猫太可怜，直接拎回家洗刷刷弄干净，结果我家小公主也是无法忍受，半天不到就暴跳如雷，只能把小黑猫送人。

因为小公主反应如此强烈，所以我早就熄了再养第二只猫的念头，否则喂了外面那么多只野猫，见过了长毛波斯、临清狮子猫、暹罗猫、英短等诸多颜值高到爆表的喵星人，我早就把持不住抱一只回来了。

看来我的真爱，还真的就是小公主。

尽管它从不主动撒娇，从不主动蹭腿，从不主动跳上来求抚摸……尽管每次都是我捧着猫粮递到它面前求它吃，每次都是我用手捧着水碗递到它面前求它喝，每次都乖乖蹲下在猫砂盆前铲屎……

掀桌！我也想要个会卖萌撒娇打滚蹭腿的喵星人啊！可是我家小公主就是这样的傲娇！不许我再养其他猫！也是我给宠出来的性子！根本无处说理去啊！

所以只能默默地认了。

猫奴什么的，真不是随随便便就能达成的星级成就呢！哼！

又扯远了，反正当时我是真的特别震惊花花点亮的技能，特别担心有一天它会冲进我家门。也许这个不妙的预感在当时就种下了……

不过在当时，花花还真就止步于我家门外，而且靠着能冲进楼道口的特殊技能，我娘还专门为它在家门口准备了一个水碗和一个食盆。

是的，妥妥的特殊待遇！

我娘每次喂猫回来，我家小公主都像是检查丈夫回家的妻子一样，在我娘裤腿旁闻来闻去，还经常心情不好地把喂外面流浪猫的食盒从玄关的柜子上推到地下，有时候隔着门听到动静了也会叫两声示威。

如此这样，又过了四年。

花花是在我家小公主四岁左右出现在我们小区的，现在小公主八岁。

然后，这一年的冬天，一切都改变了。

有可能是这年的冬天太冷了，花花并不像以前冬天一样，吃过了之后就在楼道里等着其他人离开时，趁门开出去，而是蜷缩在我家门口的脚垫上，一待就是一整晚。

摆明了就是求收养！

我娘看着不忍心，就在楼道里为它准备了一个盒子，还怕它随地大小便，又弄了一个猫砂盆，等于在楼道里安家了。

可这不是办法，邻居们上楼下楼都会看到，成什么样子？

所以我娘纠结了几天，跟我和我爹商量，打算收养花花。

我拍桌而起！

我本来计划的第二只猫咪是布偶啊！完全不是这种阴阳脸的玳瑁猫啊！画风完全不对！还能好好玩耍吗？！

不过太后就是太后，打定了主意，并不是商量，而是告知……

所以，花花在努力了四年之后，终于登堂入室了！

嗯……你们问小公主的反应？

哦，它以绝食抗议了。

霸道总裁与傲娇小白（二）

其实每个生物都有独占欲的，在我家小公主看来，这个家就是它的地盘，我和我爹娘只是三个伺候它的仆人侍从铲屎官而已……

所以当它发现它的地盘，有另一个猫咪侵入的时候，它整只猫都不好了。

要上爪子打吧……好像对方看起来挺能打的，一脸的凶相……

要是躲吧……对方好像更加耀武扬威……

小公主开始拿出一哭二闹三上吊的架势，抗拒花总的到来。

哭嚎叫唤什么的，也没有什么威慑力，我直接带耳机放音乐就解决了。

推倒东西、撕坏卫生纸什么的，我也看在委屈小公主的份上，忍了它了。

它发现这些都没有什么用的时候，使出了终极大招。

绝食。

是的，不光绝食，连水都不喝，更没有上过厕所。

我立刻就慌神了，尤其对比什么都不吃不喝的小公主，进了屋就大快朵颐的花总更显得可恶。

我甚至建议我娘亲把花总送给亲戚朋友收养，但我娘果断拒绝了。

因为花总拍马屁爬床的本领一等一！除了虫、洗了澡、吹干了之后，它立刻就跳上了我娘的腿求抚摸，晚上又爬床钻被窝，简直心机！

伺候惯了傲娇高冷的小公主，我娘更是放不开这个可以随便摸随便抱的花总，坚决不送走！

我只好绞尽脑汁，小公主不吃猫粮不喝水，是因为生气没食欲，我没办法把它生气的根源花总弄走，只能从引起小公主食欲的地方入手了。

打开淘宝店，把各种口味的猫粮猫罐头猫零食猫饼干一样买了一点点，回来挨个给小公主试吃。

其实这也是没有办法之中的办法，因为小公主其实非常挑嘴和长情，这么多年，只吃一种牌子猫粮的一种口味，从来没换过。

就连很贵的猫罐头，我也曾经给它买过，但她只是闻了闻就傲娇地走了，一口没动，便宜了外面的流浪猫。

而这么多年我为小公主买的猫爬架、猫抓板、猫窝、自动喂水机……全部都便宜了花总。

因为小公主基本看都不看那些东西。

也许小公主坚定地认为它并不是猫，而是和我们一样的人类吧，从来不用我们也不用的东西……

花总就完全没有这种心理负担，用得非常开心，简直想满地打滚。

我看不懂小公主的表情，但也知道如果家里来了其他人，把我的东西占为己有，即使是我不用的，也会觉得心里不舒服。

这简直就像是父母要了二胎的感觉啊！我家小公主不光绝食，还完全不理我了，靠近的话，就呵斥我上爪子挠我……搞得我特别伤心……而且再也不上床跟我睡觉了，重新投入我娘怀抱……

就算我跪在我娘床尾给它喂水认错，也只是给面子般舔了一点点……

真的不是我放花花进来的啊！

还好快递的速度很快，我买了一箱子好吃的，挨个给小公主尝，总算有几种小公主肯开口吃，对我稍微好了点，我这才放下了心。

而经过一哭二闹三上吊的小公主发现它不管怎么样，都无法让花总滚蛋，又饿得狠了，终于放开肚皮开吃。

为了补偿它，我连平时不让它上的餐桌都随便它跳上去了！然后在某一天就听到了“啪嗒”一声脆响，我奔出去一看，发现酱油瓶子凄惨地躺在地上，吐了一地的酱油……

小公主居然还装成一副没事人的样子，在桌子底下围观惨案现场。

想要把这件事赖在花总身上吗？！别闹了！刚才花总分明在我屋里翻垃圾桶来着！

哦？你说什么？是酱油瓶子先动的手？你是认真的吗……

除此之外，小公主更是无法无天，例如上餐桌糟蹋吃的、闻我的炸鸡腿并趁我不注意把鸡腿扔到地上、把我的手机踹到地上等等，发现我没惩罚它，确认了它还是家里 No.1 之后，就如平常一样撒欢了！

当然，它和花总还是王不见王，偶尔遇到花总都是呼哧呼哧呵斥它，然后立刻跑走的怂样。

嗯，小公主只会欺负我，不敢欺负看起来就凶巴巴的花总。

花总也并不把小公主放在眼里，进我家门几天，摸清楚了房间里的各

种东西摆设之后，它常驻的地方，就变成了鱼缸旁。

真的，每天至少要在鱼缸面前沉思几个小时以上，看累了就趴着睡觉，睡醒了就继续起来看。

我和我娘一开始真的并未引起警觉，因为前面提到了，小公主压根不把自己当成一只猫，它甚至从来不吃鱼。小公主也经常跳到茶几上，但只是喝鱼缸里的水而已，从来不对鱼缸里的鱼产生非分之想。

但，野猫是吃鱼的！并不像傻白甜的小公主！

雪爷养成记

文 / 原晓

一

“你们要看我的鸟吗？”

我特别喜欢举着手机问身边的人这个问题，满怀诚挚，一脸期待。这是一个人性测试，如果对方捂着脸跑开，就说明她是娇羞内向的好孩子；如果回答看，说明对我的人品有着无条件信任，当为挚友；如果遇见像裟椤双树和奇露亚那种直接掏出只猫来的，我只能哭着向编辑告状——呜呜呜，编辑大大，她们都还没交稿！

小雪是我养的虎皮鹦鹉，我心中天下最好看的鸟之一，恨不得向全世界分享它的照片。

初遇小雪，是我养的另一只鸟清明死后大约一年。当时我万念俱灰，心情不佳，正巧鸟友群里有同城大哥家的虎皮生了小鸟，我就去接了一只回来。

我对大哥说："我之前养的小虎皮，因为生蛋难产死了，伤心了很久，这次想接一只小公鸟回家，可以吗？"

大哥道："我家正好有一只二十天蓝孩子，没有别的问题，就是能吃。你要是不介意，就拿回去。"

于是我去了大哥家，看到一只窝在纸盒里的小秃毛。

秃毛只有二十天，脑袋上的毛还没有长齐全，我拍了一张照片发微博，朋友们都关切地询问我是不是养了只鸡。

那天晚上我愤然给秃毛取了一个美丽的名字，叫小雪，人称雪爷。

二

我与雪爷一见如故，大概是因为我们都很能吃。

关于吃，有两件事情让我心情复杂。

第一件发生在它刚回来的时候。那时雪爷还小，不会自己吃饭，要用开水将小米泡软，放在勺子里喂它吃。它每天都在睡觉，一旦睡醒了，就开始拍打着小翅膀追着我到处跑，扯开嗓子喊饿。

我想起了巴甫洛夫的条件反射理论，就是你在给小狗喂饭时打铃，以后它听到打铃就知道开饭啦！于是每次喂小米我都在雪爷耳边锲而不舍地重复"小雪，小雪，小雪"，希望它能对我的声音产生条件反射。

后来我发现，雪爷确实能对声音产生条件反射，但不是我的。

它每天的小米要用饮水机里的热水泡软，只要饮水机声"滴滴"一响，它就拍着小翅膀，欢欣鼓舞，准备开饭。我伤心地发现，自己训练了那么久，它竟然不爱我，而是爱上了一台饮水机。我叫“雪爷”名字，雪爷屁股冲着我；我一开饮水机，它就撒着欢冲过来了。

第二件事情是关于独立吃饭。

有一天我上虎皮鹦鹉群，照例秀雪爷照片，一位资深鸟友前辈突然问：“什么，你家鸟都会飞了，还要用勺子喂饭？！”

我说：“是啊，它还不会自己吃小米。”

于是我才意识到，正常的小虎皮到三十天，就应该学会自己吃饭了，雪爷已经一个半月了，饿了就满屋子跳来跳去，等着我喂，似乎哪里不太对。前辈指导我说：“你要教会它吃饭。”

于是我特地买了超市里最好的生小米，放在特地选的青花瓷小碟里，雪爷一饿，我就把碟子摆在它面前。然而毫无用处，它一脚踩在碟子上，冲我扑腾小翅膀，继续高亢地喊饭，叫声抑扬顿挫，还分为几个声部。

那种叫声怎么形容呢？

有一天我出门遇见隔壁邻居，邻居问：“你是不是把电瓶车停家里了？最近我总听见你家响警报？”

我实在没有办法，只好自己端着碟子，拿出一粒青涩的、散发着粮食香气的生小米，吃下去，然后我再给雪爷一粒，示意它吃。

我一粒，它一粒。

我一粒，它一粒。

后来前辈问我怎么教会我家那傻鸟（并不是！）吃饭的，我选择了沉默。

2015

三

后来小雪长大啦，我吃完饭经常带它出去散步。它经常站在我肩膀上看我写快递单，或者站在购物车横梁上，视察超市。因为它和便利店寄快递的妹子混得比较熟，我去寄圆通快递每单便宜两块钱。

最近有同学说我交稿慢，这事真心不赖我——雪爷特别喜欢霸占我键盘打瞌睡，醒了拒不回笼，伸出头让我帮它挠痒痒。鹦鹉脸上耳朵后面有个痒痒穴，用手挠，雪爷就会打呵欠，挠一次打一次，眼睛舒服得眯起来。等雪爷舒服了，我码字的时间也过啦！我曾经郑重地向编辑 @ 莫柒 解释过这个问题，他说送我一袋麻辣烤鹌鹑的调料，我就再也不敢提了。

最后附送一则打英雄联盟游戏的日常。

队友 A：娜美，娜美你的 Q 技能怎么这么不准！

队友 B：娜美你掉了？

队友 C：Q 都不会还选娜美，SB 不解释。

正在用唤潮鲛姬娜美的我：对不起，刚才鸟跳到键盘上来了！

队友：……

还有最后一件事。幼鸟时期分辨公虎皮和母虎皮有一个窍门，是看鼻子。蓝孩子的鼻子是全粉红色的，女孩子的鼻子虽然是粉红色，鼻孔周围却是白色的。雪爷鼻子一直是粉红色，我们都以为它是个小哥，直到有一天资深前辈看它的照片：“诶！你家那只傻鸟怎么鼻子白了一圈？它原来不是粉鼻子吗！”

雪爷青春期发育迟缓，上周我才知道，原来它是个妹子。

猫王

我出生在一个南方小镇，三岁那年，家里来了一只猫。

我忘了猫从哪里来，也忘了它的名字，但以父亲给猫起名的惯性，我想它多半是叫猫猫、喵喵或者咪咪。为了和家里的一众猫猫和咪咪区别开，我给记忆中的它起了个名字叫大猫。

小镇以矿产为主，因此建在山间。林中多鼠，居民养猫都以捕鼠为主，逮得到老鼠就是好猫，逮不到老鼠的孬猫就算长得再可爱再会卖萌撒娇都没用，猫粮猫砂猫爬架都是天外来物，听都没听过，干活干得好发两条小杂鱼就算工资了。

大猫是百里挑一的好猫，它有一身丰厚的狸花灰毛，相貌威严，举止端庄，走路尾巴高耸，牙尖爪利，颇有虎风，擅长捉鼠，威名赫赫，邻里皆知。

文/橘花散里

那时候的小镇民风淳朴，没有太多车辆行走，也没听过什么拐卖儿童事件，父母心大，忙于工作，经常把我丢在家自己玩。幼儿园离家有些远，家附近没有可以放出来和我一起野的同龄小伙伴，我只好自己和自己玩。

如今想来，童年的我已是个笨拙的孩子了，抽不起陀螺，跳不好皮筋，滚不动铁环，也不敢和大孩子漫山遍野地跑，容易害羞，总是不敢和陌生人说话，没事就喜欢抱着本童书坐在阳光下不挪窝，所以在外人眼里很是孤僻，寂寞的我便把大猫当成了最好的小伙伴。

我经常会坐在门口的台阶上，晒着暖洋洋的太阳，一本正经地对大猫讲故事，揉乱它整齐的皮毛，还会偷偷用父母的碗给它盛饭吃（橘子的血泪教训，好孩子不要学，会挨打），有时候会抱着它看电视，然后幻想大猫会像电视里的狐仙鬼怪般变成美女帅哥，然后送我神奇的法宝，实现所有的愿望。

我："大猫大猫，我给你吃鱼，你给我宝葫芦。"

大猫"喵"一声应下，默默地把鱼叼走了，没有宝葫芦……

虽然大猫是只说话不算话的猫，我还是很喜欢它，每次它偷吃惹妈妈生气，我都会护着它，抱着它，玩它的尾巴。疼爱我的父母总是在骂完大猫后，对我偷偷把剩饭菜拿去喂大猫保持睁一只眼闭一只眼的态度。对此，母亲的同事叔叔表示不妥，他晚上来家做客的时候很有经验地告诉我们："猫不能喂饱，喂饱了就不吃老鼠了。"

父母深以为是，表示不能再喂饱大猫。

未料，趴在墙角打盹的大猫似乎听懂了大家的对话，它甩甩尾巴，走出了房门。十来分钟后，它叼着只老鼠头送到了我父亲的面前，在大家满脸懵的注视中，它再次趾高气扬地走出了房门。没多久，它又送来了一整只死老鼠，然后再次离开，三只、四只……半个晚上，四个多小时，它整整往我家丢了六只老鼠，打脸打得啪啪响。

从此，父母再没说过喂饱大猫会不捉老鼠这种话了。

大猫是我的猫，也是我最好的朋友。我每天都和大猫说话，大猫总是一脸不耐烦地陪着我。有好事的邻居劝我父母，不要让小姑娘和猫那么接近，万一被抓伤皮肤就不好了。我对此不屑一顾，我家大猫才不会伤害我呢，哪怕我揪痛它的尾巴，把它的毛弄得乱七八糟，惹它不高兴，它顶多是不耐烦地钻床底下不理我。大部分都是我睡沙发头它睡沙发尾，睡迷糊了一脚把它踹地上。

大猫陪着我，度过了很多孤独的时光。

幻想的国度里，我是被囚禁的公主，它便是英勇的骑士：我是斗恶龙的勇者，它便是勇者麾下的战友，我们并肩作战，渡过千山万水、无数难关，得到了很多宝物。

在物质贫乏的小镇上，我的童年却充满了快乐的色彩。

四岁的时候，父母工作调动，我们要从矿山小镇搬去富裕的南方城市。父亲先去那个城市待了半年，度过试用期，搞定了母亲的工作和房子后回来接我们。他给我带回了小镇从未有过的奶油裱花蛋糕、镶满蕾丝的公主纱裙，还有会说话的洋娃娃，一遍又一遍地描述城市里的美景：那里有高楼，有电梯，有琳琅满目的商城，有游乐园，有旋转木马和碰碰车，有藏书满满的图书馆，每个周末都可以借很多书回来看。

我的眼前仿佛打开了一片新天地，兴奋得难以自抑，天天盼着搬家的日子。

可是，在我要将大猫打包带走的时候，母亲制止了。

我忘了母亲和我说了什么，可是她说服了我，好像是大猫不适合城市生活，也无法千山万水跋涉。搬家的喜悦被击碎，我抱着大猫哭了一场又一场，大猫鄙视地看着伤心的我，甩甩尾巴，继续抓老鼠去了。

离开的那天，我想偷偷将大猫装进行李箱带走。

大猫站在高高的树上，昂首挺胸，浑身皮毛映着灿烂阳光，仿佛王者。

我无法将这样大的猫装入小小的皮箱里。

它不愿意跟我走，宁愿自由浪迹在荒野。

我只好告别了大猫，心里暗暗告诉自己，一定要回去看它。

卡车开了好久好久，我离开了故乡，来到了城市。

城市如父亲所说的一样，繁华热闹。我开始读书，每天都有做不完的作业、听不完的课、考不完的试，我在学校认识了很多新朋友，一起看书、玩游戏。我还在电视台找到了很多新鲜有趣的动画片，从下午四点开始就可以目不转睛看到六点钟，每天都过得充实有趣。渐渐地，我忘了故乡，变成了城里姑娘，只有大猫偶尔会在眼前晃过，我很想知道它过得怎样。

过了几年，家乡有来客。

我趁父母不在的时候，和客人打听大猫的事。

客人听我将大猫描述完后，顿悟："原来是那只猫啊，我上次看见过它，它是那一带的猫王。"

大猫离开我后混得很好。

我欢喜不已，将心放了下来，继续投入到繁忙的学业中去。

日子一天天过去，我一天天长大，小学，初中，高中……我竟再没机会回过自己的故乡，听说那里的矿源渐渐采空，矿厂关闭了，所有的员工各奔东西，再没有熟人，也没有回去的理由了。

我养了别的猫，它们长得漂亮、会卖萌、会打滚、会撒娇，可是在铁丝网封闭式养猫的城市里，它们别说一夜捕六鼠，连老鼠都没见过，电动老鼠跑跑都能吓到蹲墙角半天才出来，真是丢尽了猫的颜面。

我想大猫，很想很想，可是我无法想象生活在都市，被关押在铁丝网里再无法捉老鼠的大猫，或许无拘无束的田野才是它最快乐的归属。

工作后，我路过家乡，趁机回去看了眼。

小镇早已荒废，大量的房屋空置，长满了荒草，我费了好大劲才找到原来住过的家，那座漂亮的白色小平房早已倒塌，再找不到过去的痕迹。

猫的寿命只有十来年。

我没有找大猫，因为我知道再也找不着了。

我静静地坐在路边的石块上，看着眼前的废墟，默默地在心里说：“大猫，我来看你了，可是你却再也看不到我了，对不起。”

草丛中穿过一只野猫，好奇地看了我一眼。

它健壮，威武，有着狸花色的皮毛。

我掏出根火腿肠丢给它，它闻了闻，走开了，似乎不适应人工制品的香味。

我想，它或许是大猫的子孙。

很多年后，我结婚了，到了更大的城市。父母来看望我，酒足饭饱后，回忆起故乡的童年，我忘了很多很多母亲眼里有趣的事情，也忘了当年的小伙伴，唯独牢牢记住的只有大猫，我满脸得瑟地和丈夫描述大猫的威风史，顺便鄙视家里那只除了翻肚皮睡懒觉什么都不会的加菲猫。

母亲在旁边听得一脸愕然：“不对，大猫不是我们养的猫，它是附近流浪野猫的头领，因为你经常给它东西吃，所以它经常来我们家玩。那猫可凶了，我怕它抓你，赶过几次，可转个头你们又在一起了，我看它对你不错，不抓不咬的，所以没管了。你是太喜欢它，记忆混乱，所以把它当成了自己的猫吧？”

咦？原来大猫不是我的猫？为何陪我度过了那么快乐的童年？

我想了很久……

谢谢你，大猫。

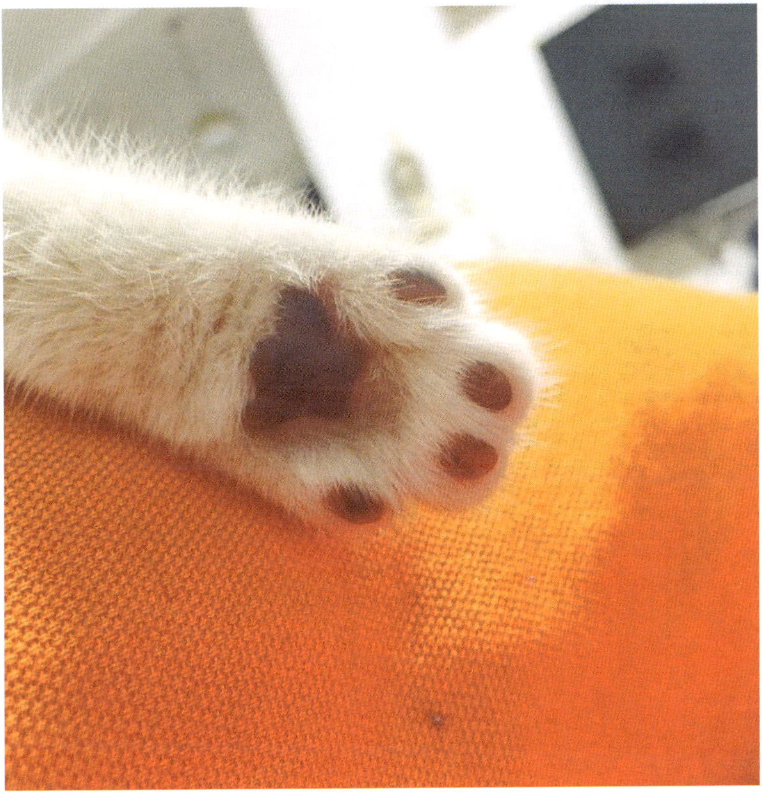

龟去来惜

文 / 坲堇墨

与绿豆的相识，是在一个乌云密布即将大雨倾盆的午后。景区下山路边，摆满了大大小小的乌龟，朋友拉住筋疲力尽的我说：要不买个纪念龟吧，只要九块九！我低头看了看水箱里绿油油、水嫩嫩的乌龟们，随手点了其中一只：带走！

回到家，我才摊在沙发上，仔细端详这位淘宝包邮价的小家伙。嗯，一身龟壳纹路清晰，水润有光泽，短小的腿儿正拼命在水箱壁上扑腾着，很有活力！再看那飘忽不定的小绿豆眼……我笑着拍手：就叫你绿豆吧！刚想摸摸它的头，它就已经缩脖进壳，属性堪比含羞草。我点点它的壳：朋友，敢不敢出来直面我？

千呼万唤中它终于，半个小时没反应……

友谊的桥梁，说断就断！

我查了百度，对比半天知道绿豆是一只巴西龟，喜食生肉生虾。我转身进了厨房切肉剁丝，决定食诱。效果立竿见影，两分钟后不及我巴掌大的绿豆，在我掌心慢腾腾钻出了头，瞥我一眼怯怯地向肉丝伸过去。那龟速，极其磨人。见此我略觉无奈：你个吃货。

哪知道一口热气呼过去，绿豆吓得“嗖——”一下又缩回了壳。看它可爱的反应，我乐开花，合着做龟贼也心虚。

放绿豆重回水箱，我在一边安静看它大快朵颐，一副酣畅又小心翼翼的模样，莫名觉得温暖。北漂独居，我不具备养猫狗等萌宠的条件，虽然选上绿豆纯属随机，但以后能有只小乌龟陪我，也不失为一件幸事。

可是，我的养龟宏愿才树立七天，绿豆就差点闭了眼。刚起床我就来到窗台边，却看到绿豆挤在水箱一角，耷拉着脑袋。我轻轻托起它来，跑向厨房举着肉丝在它面前急急唤了几声，可这次，它双眼混沌毫无精神，没有缩头也没过来吃肉。

我捧着绿豆犯了难：怎么办？去看兽医？可没听说治疗乌龟的啊！最后我点开手机搜到一个同城养龟爱好交流群，决定向龟主们取取经。很快有人回复了我，按照他们的指示，我把绿豆现状和照片都发了过去。半分钟后，我看着屏幕手一抖，那句“不碍事，是吃撑了消化不良”差点闪瞎我的眼。

再回过头看绿豆，那货趁着我忙活的工夫，竟然正在波光盈盈的水面上伸展着四肢，优哉游哉的样子。

我把它拣起来，灿烂阳光下，它慢吞吞在我掌中爬。仔细一看，眼神里竟然还有那么一点，小惬意？

它已从最初的迟钝无力，到现在划得我掌心泛痒，还用小小绿豆眼斜睨我一下，那神采仿佛在说：总有刁民想害本龟！

我哭笑不得。

此次事件后，我对巴西龟做了全面系统的了解。原来是我喂食时不注意，给绿豆吃了肥肉，加上入秋温度下降，导致它有些消化不良。我把新制订的健康饮食一一铺在水箱凹槽上，任绿豆随意挑选。绿豆在里面蹭来蹭去，爬过桑叶青菜，路过肉丝鱼条，最后停在了虾丝旁，伸出头来嗅一嗅，偷吃一口，转头瞄我一眼，又慢腾腾转过去，假装什么也没发生。

就你那龟速，我什么都看见了好吧！

一个月后，我给绿豆换了一间豪华玻璃房。我以为小家伙多少会对故居留恋一下，哪知道这小没良心的刚入新家，就在水草碎石间穿梭游荡，毫不矜持。

绿豆在浅水中游了一会儿，就蹑手蹑脚地爬上缓坡。正午时分，阳台上温暖灿烂。绿豆沐浴在阳光下，微微眯起眼，一脸“骄奢贵族龟”的样子，很是享受。

好景不长，来了院阔墙高的新家，绿豆却不甘做一只瓮中龟，整天锲而不舍地往外爬。那爪子在光滑的玻璃上摩擦，摩擦得我抓肝挠肺。无奈，我停下了手头的工作，把绿豆捧在手里，去阳台上透透气。

阳光正好，一人一龟蜗居在阳台一角，同患“懒癌症”，眯着眼一动不动。绿豆很乖，它安静又脆弱，吃得少却容易撑着。它没有万年冗长的寿命，活着也不过十几载。想到这里，我不禁有些伤感，然后就……睡了过去。

我是被恶臭熏醒的，一睁眼就看到手上椭圆形的长条物，我就不是伤感了，我差点痛哭流涕！

小龟崽子，居然把我的手当厕所啦！

从卫生间出来，我握紧差点搓掉一层皮的右手，四处看着，哪里还有绿豆的影子。瞬间气消，只剩下一阵莫大的恐慌。家虽然不大，但是乱啊，绿豆又这么小，这下可难找。

就在我把家翻了个底朝天，迈进厕所泄气到想哭时。一低头，就在大红墩布边，看见了绿油油的它，正龟壳贴地四脚朝天，在空气中胡乱踢腾。那认真模样滑稽至极，看得我破涕为笑，顿时小跑过去把它捧起来。

看着绿豆，我感叹，养它就像养了个娃，分分钟胆战心惊。后惊觉自己已经两年没回家看看了，突然想起爸妈电话里的嘘寒问暖，心酸到湿了眼。

国庆，我忙完所有工作，攒够了假期，带着绿豆回了老家。一路上它都安安静静待在简易小水箱里，和我享受旅途的安逸。

爸爸向来喜欢花鸟鱼虫，对这个“小龟女”很亲昵。绿豆初来乍到，还有些怕生，没出息地缩了进去。爸爸把它捧到花盆前，笑嘻嘻地逗它：“来来绿豆，出来见见含羞草。”

看着这一幕，拎着大包小包的我，脸黑如锅。

爸，我带它回来不是来争宠哒！说好的我是您最爱的闺女呢？！

这时候我妈终于从厨房出来说了句公道话：“得啦，看你喜欢的跟什么似的。”说完扒拉开我爸，捏着把虾丝笑眯眯地递给绿豆：“来来，饿了吧？”

我才是九块九包邮的那一个……

不过几天绿豆就和我爸妈打成一片，吃得好睡得好，没事还跟我爸听个小曲儿，游个泳晒个太阳。这就算了，还被带出去遛弯！

绿豆瞪着小眼儿，在我脚边耀武扬威爬进爬出。对于我送到嘴边的桑叶肉丝卷，嘴歪到一边置之不理，那嫌弃的眼神，像是受了不符它尊贵身份的待遇，俨然一只被宠坏的霸王龟。

果然，孩子不能隔代养，简直无法无天。

后来，我把绿豆带回小黑屋，让它过了好一段清苦日子，这厮才步入正轨。但是很快，因天气原因，绿豆逐渐停止进食，开始进入冬眠期，连续几天趴在水里一动不动。深夜加班，绿豆在书案上静静陪我，听我咳嗽一声，掀开眼皮看我一眼，仿佛在劝我：太晚了赶紧睡吧。

它冬眠期间，我时刻记得给它换水调温，带它晒光透气。跟爸妈通电话也愈发频繁，逮着假期还来了个全家沙滩两日游。每次一看到绿豆呆萌慵懒的模样，我心里就暖暖的。

不知不觉已经过去两年。绿豆长势迅猛，蜕了旧皮换新衣，个头也大了一倍。今年8月，它在水箱里抓来挠去不肯进食，两后腿不停踢腾搓揉。正巧赶上我爸妈打来电话催婚，我反映了情况，爸妈火速赶来。才进门就看到绿豆在地上抬起头，它身后有十来颗莹白如雪的乌龟蛋，全家人都笑开颜。

我把绿豆捧在手心，捡起地上的蛋装入棉布盒，感叹：吾家有龟初长成，是时候给它找个金龟婿了。

我妈恨铁不成钢地说："你是不是也该找一位了？回家相亲！"

我摸摸绿豆的头，看它惬意地眯缝起小眼睛，认真问我妈："相亲那人喜欢乌龟吗？"

乐乐和闹闹

▶▶▶ 文/维京飞鸟

乐乐是一只灰色野生小猫头鹰的名字。

我已经记不起是在小学几年级的时候，这只年幼无知的小鸟儿被送到家里来。

当时的乐乐，虽然全身羽毛已经长全，却不懂得如何飞翔，因为它是一只失去父母庇护的猫头鹰孤儿，来不及得到成年大鸟的言传身教。

第一个发现乐乐的人类，是我的小姨，当年她还是个喜欢在山林里四处游玩的青春活泼少女，无意中发现从树上跌下来受了伤的猫头鹰幼崽，就把它带回家，交给我的外公。

很快，有人看中了这只野生幼鸟，外公拒绝了对方高价购买的要求，把小猫头鹰送过来，让身为医生的我妈出手救治收养一段时间，等情况稳定一些，再到野外放生。

这只猫头鹰幼崽初来乍到时，明显是内向沉默的性格，时时刻刻表现出不开心。于是我想，那就应该取个完全相反的名字，一定要欢欢乐乐的。因为我以前养过一只中华田园小土狗名叫欢欢，所以就叫乐乐吧。

乐乐掉下来受伤的地方是翅骨，我妈先给它涂了碘酒消毒，然后撒上云南白药。这只小小鸟不怎么爱叫，整天耷拉着小翅膀，安静地养着伤。

就这样，我从一个为家中其他飞禽走兽卖力铲屎的人类奴仆，又变成了替新来的猫头鹰端水送药的小厮。

其实，最开始，乐乐这个名字，原本打算留给我家一只棕黑色小野猫的。

那只野猫幼崽，比乐乐早来半年。初春时节，我妈上班的医院要盖新大楼，建筑工地上有许多石材，一大片堆积在一起，形成了一个天然石洞，于是，有一只怀孕的母野猫，把这个石洞当作可以遮风挡雨的产房，躲在里面生下一窝幼猫。过了一段时间，工人们打算抬走石头，拿去修房，结果刚把石头堆给扒开，就发现了嗷嗷待哺的几只小奶猫，它们的猫妈妈可能外出觅食了，一连好几天都没有回来。

民间一直有个说法，野生动物的幼崽身上如果沾了人气，父母往往会抛弃它们。就在工人们纠结着如何处理这一窝幼猫的时候，医生们纷纷过来了，表示愿意一人收养一只。

嗷嗷乱叫的小野猫闹闹，就是这样被我妈带回家的。然而，它和宠物家猫完全不是一个画风，拒绝喝牛奶，拒绝抚摸梳毛，拒绝人类靠近铲屎，这只野性难驯的猫科幼崽，摆出一副随时准备战斗的愤怒表情，挥爪嘶吼起来，就像在呐喊："混蛋，来打一架。"所以，我给它取了一个更加的名字，叫闹闹。

猫头鹰乐乐来了以后，大部分时间在室内生活。野猫闹闹向来固执倔强、野性难驯，不喜欢和人类同住，户外阳台是它独霸一方的势力地盘。

作为一只野生纯种的猫头鹰，乐乐一直保持睁一只眼闭一只眼的经典傲娇姿态，绝不同时睁开两眼看人，它的表情也永远是冷淡、更冷淡，像北风刮过的荒漠。

乐乐和闹闹，一只野生的猫头鹰和一只野生的猫，虽然它们的动物名称里，都带有一个猫字，可它们的性格爱好、食物种类却截然不同。

在我家，专门作为宠物饲养的动物并不算多，历年收留的，很多是不请自来或者因受伤而救助的动物，它们也是喜欢走奇葩路线的另类，完全不按照大自然百科全书上的内容来。比如野猫闹闹的心头好，既不是老鼠，也不是小鱼，而是猪肉。至于猫头鹰乐乐的口味，最为刁钻精细。它年纪还小，没有能力自己捕捉撕咬老鼠这类哺乳动物，只肯吃新鲜的活体昆虫，如果是虫子尸体，它绝不沾一口，哪怕强行送到嘴边，都会扭头不理。所以，我每天放学后的一个重大任务，就是趁着给蚕宝宝摘桑叶的时候，顺便扫荡草丛，抓一些活的蚱蜢和蝗虫，带回来给乐乐。

如果你觉得猫科动物是傲娇冷艳界的头牌，那你更需要见识一下猫头鹰这类高岭之花一般的孤僻猛禽。

闹闹作为一头年轻的猫星火爆浪子，它精力充沛，每天睡醒之后，不是在嘶吼尖叫，就是磨爪子舔舌头，炸起背上的毛，准备挥拳出击。别人给宠物放风的标准模式，大约是行走在温柔的黄昏暮色里，怀中抱着猫，手里牵着狗，悠闲地散着步，而我却不得不在夕阳下流着热汗，一路狂追着小猎豹一样的野猫不停奔跑。如今回想起当年的闹闹，我不由得心生感慨——难怪不管中国人还是外国人，都喜欢用“性感小野猫”这个词，来形容那些妖娆不羁的个性人类。

乐乐虽然个性高冷文静、举止优雅，但它作为一只猫头鹰幼崽，始终具有强烈的好奇心，平时最大的爱好，是站在电视机旁专门为它设置的栏杆上，以一种微醺沉迷的眯眼姿态，侧耳倾听机器中发出的各种声音，至于人类演出的剧情如何，它毫无兴趣。乐乐表现喜好厌恶的具体方式，是用鸟嘴暴击不中意的节奏，如果正好是它喜欢的风格，它甚至还会在栏杆上慢慢移动爪子，抖一抖翅膀，转换步伐跟上节奏。所以，不难理解，为什么在童话故事和动漫绘本里，猫头鹰大多是戴着博士帽的知识分子形象。虽然古代中国人一度把这种喜欢昼伏夜出、叫声凄厉的猛禽。视为跟喜鹊截然相反的不祥之鸟，可是别忘了，在先秦时期特别是商朝，猫头鹰既是女性的美好象征，也是充满智慧的战神。河南殷墟的妇好墓里，就出土了一对造型精美的鸮尊，除了有可爱的尾巴爪子，头顶还有两撮呆毛，完全一派萌系少女画风。

乐乐和闹闹，一静一动；它们的日常生活，各自精彩。每天，乐乐都眼睁睁地目睹我被闹闹拽出门溜达，直到有一天深夜，一只母野猫忽然找上门来。

我还依稀记得那个夏夜的零星片段，从我家的大门口传来一阵接一阵非常尖利的锉子剐蹭木头声，还伴随着凄厉的鬼哭狼嚎。如果你听过春天发情的猫儿撕心裂肺闹春的声音，当时必然也会有一种聊斋故事的现场画面感。

第二天早上起来，我爸发现大门口确实有一道道抓痕。

吃早饭时，我妈一脸神机妙算的表情："昨晚应该是闹闹的妈妈来找它了。"

我一边喝牛奶，一边望着阳台上正在舔爪子的小野猫："大猫真厉害，也许是闻着气味来的。我们可以把它的崽子还回去。"

"留着闹闹，它妈一定会天天来闹的。我今天下班后就把它送到外面，让它妈来捡。"我爸表示赞同。

那天下午，我照例牵着小野猫脖子上的项圈绳，从阳台经过客厅，乐乐缩着翅膀，站在栏杆上，歪着头看我。

"乐乐，我们把闹闹送走了。"我妈摸了摸猫头鹰的羽毛。

我爸抱着猫崽出了门，把闹闹放生到野猫们经常出没的树林子里。等他回来，看到乐乐守在电视机旁的，显得有些孤独，于是叹息："可能乐乐一直很羡慕闹闹每天都有出去玩的机会吧。”

虽然我并不认为一只猫头鹰和一只野猫之间会有什么所谓的友情，但是闹闹被送走之后，乐乐变得更加沉默不开心。

很快，阴雨绵绵的季节开始了，整整一个星期，我都无法外出捕捉到新鲜的活虫，只好拿罐子里储存的为数不多的蚱蜢和蝗虫，投喂给乐乐。

当玻璃罐中的最后一只活虫死去之后，我们再也没有可以拿给乐乐吃的新鲜食物。

乐乐最后饿得熬不住，第一次主动张嘴，吃了几只死掉的虫子。

第二天，乐乐开始拉肚子，是那种稀薄如同清水一样的鸟屎。

我妈给它诊断了一下，判断是肠胃不适，马上碾碎了一些药粉喂它，但她毕竟是人类医生，不是兽医。

“乐乐，再坚持几天，等雨停了，太阳把草晒干，我就出去给你抓活虫。”天公不作美，我也只有无奈。

风雨交加的一夜过去，第二天依然潮湿多雨，我们去客厅时，只看到乐乐双翅低垂，爪子缩起，趴着一动不动，躯体已经僵硬。想来毕竟年纪太小，最终还是无法抵御疾病和饥饿。

我把乐乐埋在大院后面的山坡上，埋得很深，泥土压得很紧，一来，是因为它死于疾病，要深埋防止传染；二来，我也不希望有一天，闹闹和其他野猫们把乐乐的尸体给刨出来。

面对大自然残酷的生存法则，即使是人类的援助，也有力不从心的时候。

很多很多年过去，我不再是小小少年，父母也渐渐上了年纪，就连当初带着乐乐来我家的外公，也已经在前年中秋节后病逝。

虽然童年再也回不去，童心却可以永驻一生。

その時代は、名宰相といわれた三司官の蔡温
が政治改革に活躍し、玉城朝薫が組踊五番を
創り、平敷屋朝敏らによる和文芸の興隆、そし
て琉球語辞典『混効験集』に続く『女官御双紙』
『琉球国由来記』『中山世譜』（改修＝蔡温本）『琉
球国旧記』『球陽』の編集など王府の修史事業も
進められて、文化的に大いに高まり、"琉球の
ルネッサンス"とも呼ばれます。

再见了，小松鼠

文/王小洋

那天来收邮件的快递员对我说了一句很突兀的话：“你想养松鼠吗？”

“啊？”

“你想养松鼠吗？”他又强调了一遍。

没错，我是想养松鼠，但这一直是我心底的小愿望，从没对人说起过，他是怎么知道的？

“我刚才在楼道里捡到一只松鼠，但我住的宿舍实在不方便养……对了，你有笼子吗？”他又说了一句让我吃惊的话。

没错，我是有几个宠物笼子，并且刚好空着，因为之前住在里面的几只龙猫刚被集体拿走谈恋爱（就是交配）去了。可是，这个，他又是怎么知道的？

在确定了我有笼子后，他决定把松鼠送给我。

他走后，我还处在发蒙的状态里，而松鼠已经赫然在笼子里了，并好奇地蹦来蹦去。

那是一只灰色的松鼠，看样子年纪还很小，或许只有一两个月大吧，它的眼睛亮晶晶的，写满动物和小孩子才有的纯真；尾巴也大大的，和动画片里的造型一样；但它的爪子有点恐怖，是钩形的，这能保证它在松树上跑来跑去，还能在笼子里倒挂着爬来爬去，像蜘蛛人。

那是我第一次近距离观察松鼠，说实话心情有点复杂，就像面对外星人一样。我不知道它会不会喜欢身为人类的我，于是只能看着它，不敢擅自摸它，怕它咬我。说实话，随着年龄的增长，我感觉自己越来越胆小了，小时候觉得自己是动物的好朋友，并且和它们没什么不同，但如今却和动物越来越难以交流了，我们会彼此吓跑对方。我终究成长成了一个普通人。

冰箱里放着妈妈之前带回来的松子，那是东北的亲戚在大山里采的，刚好拿出来当做给松鼠的见面礼。几粒松子被扔进笼子后，它马上发觉，拾起一粒就嗑起来，那姿势很像一个蹲着吃面的人。“咔咔咔！”好厉害的牙齿，那个连我咬起来都很吃力的松子一会儿就被松鼠咬出一个完美的洞来。然后松鼠开始啃里面的小果仁，啃了半天。剩下的松子被它藏在笼子的角落。

哈哈，太有趣了。我在笼子外观察得乐不思蜀，快乐得像只松鼠。

于是就在那天，这只小松鼠神奇又短暂地走近了我的生活。

第二天中午，我睡眼惺忪地准备好松鼠的午餐（松子、榛子、青豆、玉米和几片苹果）、猫的午餐（猫粮和鸡胸肉），还有我的午餐（这个可以忽略）……

睡眼惺忪的原因是昨晚我一直在翻手机查阅有关松鼠的资料，资料里写，松鼠是人类的好朋友，很多人采用放养的方式，甚至可以和它一起睡觉和看电视。可惜我实在不敢把它放出笼子，因为家里有猫。另外资料的内容让我有些伤感的部分是，据说松鼠的寿命只有两年，这与猫、狗、龙猫等十几年寿命的动物比起来实在很凄凉。于是昨夜忍不住网购了两大箱松鼠的食物——各种它喜欢的果仁，想必这足够陪伴它半生。

另外一个睡眼惺忪的原因是，那天晚上我的猫对松鼠的一举一动格外敏感，从昨夜开始不停跑到笼子下面观察松鼠，不过还好笼子放在一米多高的位置，相信猫暂时对松鼠无力骚扰。可当我半夜醒来的时候发现猫正挂在松鼠的笼子上！那一刻它们正惊恐地彼此对望！啊啊啊，我赶快把猫赶走，怕它把松鼠吓尿。但整个晚上，猫无数次跳起来挂在笼子上，我只能一次次把它赶走。

准备完午餐后我终于可以休息了。坐在沙发上继续读我的书，那是一本我最近一直在研究的灵学书籍。读着读着，我便陷入了深深的沉思：关于松鼠，关于我，关于我们的相遇……或许并不是偶然。

松鼠的到来吸引了好多朋友，来做客，看望这个毫无预兆的新客人。

当然每个人对它未来的路看法不一。除了此前我偶尔会升起以下的念头外，终于有朋友质疑说：要不要把它放生？也许它更喜欢大自然。

可后来越来越多的朋友认定，这一定是一只家养的松鼠："你看，它很安逸地待在笼子里，并且完全不怕人。如果贸然把它放到外面，它也许会因为找不到食物而饿死，或者变成别的动物的食物……"

那天新闻推送刚好有一篇文章叫做《盲目地放生等于杀生》，讲的是有人买了很多从小家养的麻雀放生，结果害得麻雀全死掉了的事件……就像冥冥之中在给我警示一样。

嗯，我能更多地确定这只小松鼠不是野生的。但如果它是家养的，就一定有自己本来的主人吧？它的主人在哪儿？它是被遗弃的松鼠吗？就像被遗弃的小猫、小狗一样？如果它不是被遗弃的，而是丢失的，那么它的主人会是怎样的心情？

"别多想了，继续养下去吧！"

最后有朋友对这只小松鼠的到来作了很深刻的总结：

缘分。是缘分把你们安放在一起。

是的，那个初次见面的快递员、那些机缘巧合的突兀话语……每次我在笼子外望着小松鼠的时候都会想起。尽管总觉得这种相遇刻意得甚至有些假，但它确确实实生硬地发生了。人生里遍布这样的情节，奇妙的缘分、相遇与分离、得到与失去，有时牵强得令人怀疑。

我想我多少明白这件事发生的原因，因为这件事刚好契合我那一阵在读的心理学书籍和在研究的灵修课题，类似“吸引力法则”，但又不完全一样……

“吸引力法则”里说，如果你有什么愿望，请对宇宙许愿，如果宇宙接收到了你的波长，就会反馈给你，实现你的愿望，但这个过程可能需要一段时间，而具体需要多少时间不一定，取决于许多因素。这个法则我曾试验多次，的确屡试不爽，很难解释；并且很多潜意识不经意许下的愿望，也在不经意之中神奇地实现了。所以我想这只小松鼠的到来一定是因为我曾经把这个愿望放在了心里，因为每个人的心里，都有个宇宙。

但最近我对于人生又有了新的认识，发现每个人类其实都具有以下两种不可思议的超能力。即：

第一，每个人都能实现一切自己想实现的愿望。第二，而越担心越害怕的事情同样也会发生。

所以如果许了个愿望，又担心它会不会没法实现，那这个愿望就相当于被抵消了。

而如果只许愿，没有怀疑，那么愿望就会实现；同理，如果只担心某件事，又没有制造抵消它的力量，担心的事情也会发生。

没错，人类的确拥有超能力，那力量绝对超乎理性思维所能理解的，只是 99% 的人选择不相信或是半信半疑，于是这股力量很多被源源不断的否定力或动摇力抵消掉了，而部分没有被抵消掉的力量，构成了每个人千差万别的人生。

很抱歉一只松鼠竟然让我长篇大论这么多，但即便一粒尘埃，也有说不完的人生秘密。

转眼间，我与小松鼠已经生活了近一个月。这段时间里，我整天照顾并观察着它的生活。它最喜欢的食物是松子、榛子还有瓜子，其次是苹果，它会把吃不完的食物藏起来，并管理得井井有条。而我的猫对松鼠的兴趣丝毫未减，它还是经常跳起来挂在笼子上把松鼠吓一跳。我冲过去把猫赶走，有如松鼠的守护者。

是的，这只生命短暂又弱小的松鼠激起了我身为人类的保护欲；对它的格外怜惜，又让我害怕失去它，怕它死了（但我知道至少还有两年时间），又担心它突然不属于我了，比如……它原来的主人突然出现了。

啊……当我发现自己的担心后，觉得糟糕了，这个不经意的念头很可能已经化成一个“伪愿望”传递到宇宙了，已来不及收回或抵消了。

果然，鬼使神差般，很快就有朋友发来一张照片，照片的内容是一张“寻鼠启事”，上面写着：

我的松鼠丢了，请捡到的朋友还给我。电话：XXXXXXXXXXX

据说这张“寻鼠启事”贴在小区一个布告栏的角落，看样子已经经过数日的风吹雨打。字迹潦草，看起来应该不止写了一张，而这张很可能是至今难得幸存的一张……

啊！为什么？为什么会让我看见这个？！当然不问为什么我也知道为什么。

“怎么办？”朋友问。

“既然看见了，就不能视而不见吧……”

在当晚的短信沟通中，我确定了我的小松鼠正是“寻鼠启事”中丢失的那只。据它的原主人说，经常放养的它从门缝跑了出去，之后便丢失在楼道里，已经有一个月了。

我赶忙告诉对方：“不要急！也许你的小松鼠并没有丢，或许你明天来我这里看看，会有意外的惊喜^^！”

尽管打了个“^^”，我的心情还是很低落的，因为我知道我就要和小松鼠分别了。但想到它能回到原主人的怀抱，还有什么比这更完美的结局呢？同时我很明白那种失而复得的感受，还有什么比这更喜悦的呢？想到这里，我甚至开始替它的原主人高兴起来：嗯，他/她明天一定会喜出望外的，如果他/她是个女孩子，会不会开心得流下眼泪呢？

晚上我最后一次给小松鼠打扫了笼子，把给它买的半生的食物打包好，装进一个大编织袋子里，打算明天一并送给它的原主人。

那晚当我收拾好一切，转过头，发现我的猫又挂在了笼子上，可是，松鼠已经不怕它了，它们彼此对望着，偶尔互相碰触对方的鼻子，天啊，它们竟然已经变成好朋友了！这一次我没有把猫赶走。

第二天，不想面对的时刻还是到了，小松鼠的主人准备来接它了。我穿得整整齐齐的，准备迎接这个郑重的交接仪式。

然后，门铃响了，我打开门，是一个男的，进门的时候还在打电话，虽然感觉有失礼仪，但我还是带着微笑傻站着。

“你捡到松鼠了？”电话结束后，他没什么表情地问。

在看到小松鼠后，他说：“没错，就是它，是我的老大。”

“老大？”

“对，它的名字叫‘老大’。”

呃……总感觉这个名字和我的小松鼠是那么格格不入……哦，不对，如今已不是我的小松鼠了……

“老大”真正的主人并没有带一个小笼子或小兜子来郑重地接它回家，只是伸手把它抓起来，就这么潦草地准备走了。我叫住他，把昨晚打包好的大袋食物挎到他的肩上。

他轻描淡写地说了句“谢谢”，脸上挂出一个不太走心的微笑，就走了。

会面潦草地结束，没什么温情的画面，也没感受到重聚的喜悦，甚至在他走后我都没收到一条感谢短信，这让我联想起几年前我曾在路上捡到一个手机，站在原地等回失主后，对方拿回手机就走了，连感谢的话都没有……

啊，我赶快摇摇沮丧的自己，刚刚究竟在想什么？物归原主本来不就是天经地义的事吗！如果做这件事只是为了换取对方的感激，那和交易有什么分别呢？

我们只能负责物归原主，至于对方会有怎样的回应，那是别人的事情了，真的不能去期待什么。

那个傍晚我呆呆地坐在沙发上，我的猫呆呆地望着已经空了的笼子。我想起来，它们还没来得及好好道别。

▲096

萨摩多乐

文/韩八荒

我对萨摩的印象，很长时间内都停留在微博上火得一塌糊涂的妞妞身上——白衣胜雪，眼神纯净，表情呆萌，眼睛一眨简直要把人的心萌化。

那时候我就想，世界上最优雅的狗是什么？

在我心里，不是号称“贵族小姐”的博美，也不是乖巧迷你的贵宾，更不是矜持端庄的牧羊犬。

是集天真浪漫、优雅呆萌于一体的萨摩啊。

嗯，情人眼里出西施。

单身的日子寂寞如狗，即使我和基友两人每天下班以后腻歪得如同热恋中的男女，但是时间长了，难免互相看着就嫌弃起来。

两人一合计，不如去搞条狗！

是养条狗。

说走咱就走，你有我有全都有。

从宠物市场抱回多乐，我兜里的人民币哗啦啦外流。

几个月大的几只小狗，白花花的团子一般，毛也是软软的，像是冬天阳光晒过以后膨胀的棉絮。我像选妃一般纠结了很久，三个月大的萨摩怎么看怎么心水，眼睛水灵，往那一趴，再眨眨眼，眼神里有些惴惴不安，又有些期期艾艾，我心都快化了。

简直犯规！

选中多乐，完全是因为其他萨摩看到我都很紧张和不友好，对我亲昵的招呼表现出极大的抗拒，只有多乐，摇着尾巴晃晃悠悠跑过来，完全不惧怕我，甚至亲昵地舔了舔我的手指。

我一直以为我和多乐的相逢到相知，是上天安排的缘分，是冥冥中的注定，后来才知晓，是因为我手指头上残留的火腿肠的香味，被这狗崽子闻到了！

多乐的名字是我和室友商议得来的，又穷又苦漂泊在外的单身大龄女青年，陪伴不缺，最需要的，是香喷喷、暖呼呼的钱呐。人民币容易贬值，英镑又太难听，我俩一折中，最后决定犬子大名美元，小名多乐，英文名Dollar。

洋气！

多乐来家里以后，家里慢慢有了点宜家的味道。

从前，一到周末，我和基友都是日上三竿才起床，踢着拖鞋，顶着头发，叼着牙刷，直接略过早餐，打开电脑，点个外卖，对付一天的伙食。

遵从一个中心和三个基本点——以“宅”为中心，基本不早起，基本不运动，基本不下厨，开始堕落而充实的周末时光。

然而有了多乐以后，我不得不定个早起的闹钟，和基友轮流定时起床为多乐准备早餐。

网上说，幼崽牙齿还没有长全之前，最好不要直接喂狗粮，因为幼崽消化系统不健全，不能充分吸收狗粮的营养物质，一个不注意，很容易拉肚子。翻查了很多资料和建议，我们爱心爆棚地决定，为多乐DIY营养爱心狗粮早餐。

家里的锅碗瓢盆早已蒙灰，一年没下厨的我已经快要忘记电饭锅该怎么使用了。正在洗碗刷锅的时候，多乐似乎是嗅到了福利的味道，“噌噌噌”围着我们上蹿下跳。

瞧那没出息的小样儿！

土豆、胡萝卜、糙米，再放一点绞碎的肉，用高压锅压熟，加点狗粮进去，做成团子，丢在多乐的食盆里。美好的一天开始啦！

多乐常常在饭香四溢的早上醒来，兴奋地围着食盆打圈圈。

有时候给多乐做饭，做着做着馋了，思量着自己因为睡懒觉不吃早餐，肠胃只能从大肠中反复吸收营养物质，感慨“人不如狗”，于是拿土豆泥拌点酸奶，偶尔来点蔬菜沙拉或水果沙拉，用一顿营养的早餐，犒劳下漂泊在异乡的自己。

清早勾起味蕾的饭香，窗外静谧温柔的清风，刚刚苏醒还未喧哗的长沙。养了多乐以后，我深切感觉到和以前完全不一样的生活，幸福指数飙升。

一人，一狗，一基友。

于是内心得到极大的满足。

饶是如此，对于吃货多乐而言，我和基友轮流给它准备早餐还不够，它总是能找到一切机会（多半趁我俩不在家时）乱啃一通，我们的鞋子、衣服、被子都遭过殃。

多乐喜欢一切带毛的东西，喜欢在光滑的地板砖上玩“滑滑乐”的游戏，喜欢咬家里的卫生纸，打滚让自己身上缠满纸屑，直到有一天……

那时候我和基友尚天真无邪，不懂人间凶险，早早为多乐准备好早餐后，出门赴约。贪图享乐的我和基友都怀着侥幸心理指望对方早点下班给多乐添食，我直到十一点左右才回，万万没想到，我在开门处碰到基友也刚刚回家。

我们对视一眼：坏了，多乐恐怕是要饿坏了。

开门的那一瞬间，房里的惨状让我俩几乎无语。

是这样的，如果说鸣人体内封印着一只九尾，那么萨摩体内绝对封印着永远吃不饱肚子的路飞。我和室友深知它的尿性，所以每次早餐喂完，都会把狗粮袋子封存好，以免被多乐找到乱吃一通。

吃多了狗粮的萨摩，会因为消化不良拉肚子，我平时一直很注意。那时候的多乐，还未学会自己如厕。我和基友定时监督多乐上厕所，一直没有出什么幺蛾子。虽然我和基友很头疼，但是秉持着“小孩子嘛，慢慢教不着急”的心态，并没有太重视这个问题。

直到那天，我闻到到满屋子熏天的臭气，看到一条条能辨认出多乐撒欢路径的、硕长的便便，以及早晨出门我们忘记封口、现在已空空如也的狗粮袋……味觉上和视觉上的双重震撼，撞击着我和室友脆弱的心灵，令人几近昏厥。

始作俑者尚不知发生了何事，仍旧天真无邪地在客厅玩着它的“制造物”，看到我们回家，扬扬爪子，跑到我们面前邀功。

从那以后，我们严格执行“孩子如厕老是学不会，多半是装的，打一顿就好了”的原则，半个月内教会了多乐上厕所，改正了它“饿了就吃屎，无聊了就玩屎”的臭毛病。

那段时间我们甚至认真思考了把多乐送到流浪狗收容所的可行性。

大案过后，我和基友在家里装了个监视器，想看看我们不在家的时候，多乐是怎么度过一天的。

我们出门以后，多乐久久停留在门口，过两分钟，又扑腾着跑到窗边，眼巴巴目送我和基友。我从来都不知道，还会有狗在我不曾注意的时刻，心怀不舍地目送着我离开的背影，失落不已。

我的心里挺不是滋味，今天回家一定要给多乐买点它最爱的那款狗粮，多贵都不在乎。

然而没等我内疚完，就看见多乐转身就是一个托马斯回旋踢，蹦跶着狂欢起来。

咦？我喜欢的纸巾？我撕！

咦？没封口的零食？我咬！

咦？地板上有水？我滑！

主人不在家我要撒着丫子浪！不浪不是中国狗！

……

不过，饶是如此，多乐在我心里和其他狗仍是截然不同的。《小王子》里，狐狸对小王子说，如果你驯养了我，我们就会互相需要了。对我来说，多乐就是世界上独一无二的；对多乐来说，也是世界上独一无二的。

在我心里，多乐何尝不是驯服了我呢？

我一辈子也忘记不了刚来家里时不知所措的它，学习“坐下”“握手”时萌蠢的它，翻垃圾桶时专注的它，面对美食谄媚又鸡贼的它，被剃掉了毛后郁郁寡欢的它，喜欢冲着别的小狗叫遇到大狗时立马变怂的它……

只是，一想到萨摩的平均年龄只有十几岁，我心里还是会非常难受。我不敢想象自己和多乐生死分别是什么场景，惟愿它这一生都能无忧无虑、健康快乐。

除了多乐，我再也不会养别的狗了。

司机

文 / 池袋最强

说实话要知道司机会越长越丑，我当时就不会选择它，然而后悔也没办法，已经养了那么久，哪怕它长得再丑，在我眼睛里都已经过了十层滤镜加美图，全世界最乖。

它也是傲娇的模范，平时我在家的时候，从来不肯成功地让我抱到它，但后来我意外发现，原来我在家里，不管走到哪个房间，司机都会静悄悄地跟在我身后。

在书房，它待在我旁边的椅子上；在客厅，它待在沙发上；我回了卧室，它又慢条斯理地跟了进来，假装不在意一般玩猫抓板。

如果这个时候我出去了，没多久，司机又会踩着它安静的步子，优雅地从房间里跟出来。

总是一副嫌弃我的样子，骨子却又是典型的不离不弃。

司机它爸是只黑狸花，它妈是只黄狸花，两只眼睛都又大又圆，本来司机也是这样的，奈何养了它没一个月，它就生病了，病得双眼肿胀，病得一脸大叔，再也不复以往的青春美貌。

讲真，我刚开始看上司机的原因是因为它吸奶的霸道样子和背上像丁丁的纹路。

结果我被骗了！彻底的。司机在它妈身边待了两个月，当时我放假回家，直到开学才能来接它。

然而两个月后主人告诉我，司机性格并不霸道，反而胆小，是个妈宝男，背上的丁丁也长成了个 7 字。

好吧，它还算乖，虽然不霸道但很温柔。把它接到租的房子里，早先在屋子里待的猫要凶它，司机就把自己尾巴团成一圈，紧紧地搭在自己的爪爪上。

后来哪怕一只又一只新猫进入我们这个合租的家，司机也永远是安静的那位，任凭别的猫凶它。

它保持着安静的姿态，是那只永远第一个和新来的猫打成一片的猫。

我一度很欣慰，毕竟自家崽温柔又乖巧，我心里头高兴。

但司机是个魔性的猫，是个小贱猫，永远在我欣慰的时候用行动打肿我的脸。

比如说现在，我想写点关于它的字，赚点给它的猫粮，这个小贱胚子在我身上蹿下跳，用绵长的奶乎乎的叫声逼得我单手打字，另外一只手去给它揉肚子。

司机有多贱呢，好比说我一开始觉得它友善，接纳新来的猫朋友，结果仔细观察，发现它仅仅只是爱作死。

来的猫都比司机体型大，它爱去撩拨人家，用爪子轻轻拍人家一下立刻蹿走。见那猫不理它，就屁颠颠地过来，再给一爪子，直到打得人家有反应了，知道打不过就灰溜溜地跑掉。

可没多久，又能见到它猥琐的凑到别个猫面前，再给人家一爪子，再一次被追着打，简直让人不知道说什么好。

又比如，作为主人的我算是几个猫奴之中买零食买的最多得那位。然而司机不吃！它就是不吃！

羊奶布丁不吃，金枪鱼棒不吃，营养膏不吃，钙片也不吃。

让拿着这些东西在它面前凑来凑去的我宛如一个傻瓜一般。

它什么时候吃呢？耍贱的时候吃。好比其他猫猫闻着味道过来以后，欣喜若狂求投喂，小贱猫司机就会从高冷不屑的模样转为："好吃吗？看起来很好吃的样子？那我也吃点好了。"

然后这一吃就停不下来，让我在旁边又气又笑，恨不得把它拎起来揍一顿。

司机是老大，出生时的个头比它的弟弟们大，但后来被我养得又瘦又小，打听后才知道，原来司机小小只的时候就已经跟着猫妈吃肉了，来到我这里以后，除了猫粮我什么也没给它喂。

当时急得我呀，去把司机弟弟养得又胖又大的同学那里咨询，把功课做满，从此过上了定期喂钙片喂猫粮喂鸡蛋喂鸡胸肉的日子。

幸而昨天将它抱回它兄弟那处，惊喜地发现司机个头已经比弟弟们大，肉也多了不少，我才恍然发现，原来在我眼里又瘦又小的司机，已经真正地成长成了老大的样子，我还是将它养胖了，惊喜之意不语已表。

养司机之前，我从来不知道自己会有这么多眼泪，揍它了我哭，它生病了我也哭。

有默默的哭也有内疚大哭，然而小贱猫司机从来都不会和网上说的一样，看到主人哭着急，它只会摊开肚皮，让我给他摸摸。我只能一边抹眼泪一边哽咽着用手揉，听着它喉咙里咕咕咕咕的响声，慢慢地就停了泪。

内疚大哭的那次真的是我过分了。当时司机尿床，连续几天，被子套撤了，将棉絮搭在有阳光的书房晒（租的房子没有阳台，也没有天台），结果这货又在棉絮上面尿了两滩。

前一晚被我按在床单上揍了一顿，我本以为它知道错了，第二天还这样，我怒从心起，将它暴揍一顿后关进了小衣柜里，关了灯，一个人静静在房间里陪着它。等了十来分钟，将它放了出来。

后来它就去和别的猫耍了，耍得欢脱愉快，独留我在浴室辛苦地洗着一大床又重又厚的棉絮。

越洗就越生气，我凭什么呀，祸首在外边愉快玩耍，我在里边辛苦善后。于是我从浴室冲了出去，将司机抱进了都是水的浴室。

它真的害怕呀，它怕得浑身发抖，甚至在刨门缝边边想要出去，但我那时被鬼迷了心，一心想要它受罚，无视它的恐惧，让它在旁边一声又一声地叫，自个低头洗被子。

天不算冷但也不算热，那么恐水的司机尾巴湿了、肚子湿了，爪子冷冰冰的。

我洗完被子就后悔了，把他抱着用湿纸巾清理了它身上脏兮兮的位置，又给它暖了好一会爪子。

司机三眼睑外露了一段时间了，罚它那晚就准备带它去医院看的。结果第二天医生和我说它泌尿系统出问题了，免疫力也差，眼睛水肿。

我懵了，从来没有那么懵过。前一晚生气地罚它，后一天内疚就像鞭子一样抽打在我身上。

怎么就没想到呢，乱尿是因为身体出了问题。

怎么就没想到呢，原来司机是用行为告诉我自己不舒服。

怎么就没想到呢，我竟然还这么罚它。

傻傻地带它回家，我坐在床上哭得停不下来，我想我再也不要这么对它了，再也不要。

那天就像是开启了一个可怕的机关，司机身上的问题层出不穷，免疫力低下，身体持续高温，垫垫发热，精神很差，食欲不振。

我当时在看连续剧，突然身后同学说，你的司机垫垫怎么这么烫，我立刻去摸，果然，看了时间还够，我穿上衣服，把司机兜书包里一路小跑去了宠物医院。

我是个极其懒又极其宅的人，连饭都不愿意出门买。

可在司机生病的那段期间，大晚上跑出去给它买药看医生、量温度、买伊丽莎白圈的行动不计其数。

后来司机拉稀了，医生告诉我也许是猫瘟。

说实话，以前我检查出身体有不明实性包块，怀疑是畸胎瘤时，我都没这么怕过。当我知道可能是猫瘟，感觉天塌了也不过如此。

我不知道什么时候自己和这个小小软软的猫崽有了这么深的感情，但偏偏就是在我发现的时候，我就已经切不断、舍不得我们之间的羁绊。

那天晚上我几乎没睡着，第二天抱它去医院做测试。万幸，不是，并不是猫瘟。

很快司机精神就好了起来，眼药水滴了以后眼睛也不再是水肿的状态。

它又上蹿下跳地招惹别的猫了，它又大清早地在我身上踩来踩去让我给他摸摸了。

说实话我嫉妒心还蛮重的，我不高兴它晚上喜欢去和我同睡的小姐姐脑袋旁边睡觉，它从来不肯在我旁边睡。

我一度怀疑是不是我没有长长的香香的头发，所以才得不到司机的恩宠。

我也不高兴我给它滴眼药水那段时间，谁抱它它眼睛都是睁得大大的，唯独到我抱它，就一脸嫌弃地把眼睛闭了起来，半点也不看我。

我也只能苦涩地安慰自己，就是因为司机喜欢我，所以我做让它不高兴的事情，它会特别不高兴，往好处想想，它就是喜欢我嘛，比一般的、别的人，都要喜欢。

后来我想了个法子，就是没到滴眼药水的时候，抱着它让一起住的朋友们挨个给它滴眼药水，滴完了以后我再抱过来哄。

这时候朋友们就会笑骂我是贱人，让司机记恨她们，不知道是我给它滴眼药水。

这时候我就会无比厚颜无耻地说，司机不亲近你们有什么所谓，它爱我就行了。

想当然，这个时候都会惨遭一顿打，而那不知道护主的司机则蹲在一旁舔自己的爪子，冷静地看着它的主人挨打。

司机，小司机，老司机，一只我从来靠叫声没办法引来的司机，一只挑食挑得我绝望的司机，一只喂药从来不配合，甚至能分辨罐头里有药粉的司机，一只哪怕再难受也不会伸爪子抓我的司机，一只总喜欢躲在被子里睡觉被我一掀被子就滚出来的司机。

我和司机之间的缘分，哪怕是我再开玩笑，说它长得丑，拿去卖了，不要了，但我知道，我心里其实最爱它了。

它有个病痛我很急，有点忧郁我也急。

我没法想象总有一天它会离开我，我想我再也不会养别的猫了，因为它独一无二，只是我的司机。

戆咪和蠢狗

// 1

我养了一只狗一只猫。

狗是比熊，叫“多多”，一个类似于人类里“王伟”的名字，小区里遛狗互相问一声，十只里总有两三只叫这名儿。

猫就更随便了，叫“咪咪”，是只三花加菲。

我养过的所有猫，都叫咪咪。咪咪这名字挺好，你见到一只猫，不知道它名字，或者它本没有名字，你肯定是要叫它“咪咪”的，对我来说这是所有喵星人的乳名。

至于汪星人的乳名，我小时候养过一只中华田园狗，就叫“狗狗”，你们感受下我取名的风格。

// 2

狗像15岁时的初恋，那么美好，永远傻白甜。单纯、天真，特别爱你。

的日常

文 / 边想

猫呢，是结婚二十年后已经不想搭理你的发妻，你要和它亲热，它只会木木地看着你，缓慢而漠然从你眼前走过，并不理睬。你想抱抱它，它就让你知道指甲为什么那样尖。

猫才一岁，刚领回家的时候巴掌那么大，狗见了特别兴奋，摇着尾巴不停围着猫转，舔它，用鼻子拱它，还轻轻咬它，表现得像个萝莉控的变态。

也许正因为这样，猫虽然不亲人，但特别亲狗。还小的时候它俩就在一个窝里睡着，后来猫长大了，身材逐渐偏向圆润，挤不进一个窝了，就变成狗睡窝里，猫睡窝外。硬要挤一起的话，狗就会让地方。

现在就连喝盆盆奶，狗也会等猫喝完了再喝，相处和睦又融洽。

// 4

洗澡是个大工程，因为它们都不爱洗澡。狗一听到“洗澡”两个字就开始逃，但真到洗了就老实了、认命了、接受命运的玩弄了，洗屁屁抬爪爪都特别配合，吹毛也是一动不动。

猫就有反抗精神得多，从头到尾都不太平。我总觉得自己是个桀桀怪笑的入室杀人狂，想把它拖进浴室分尸了，所以它才要死命挣扎，在我身上留下一道道犯案证据，来个两败俱伤。

// 5

猫长着一张宛如智障的大饼脸。品种关系，那张脸看起来总是在不开心，总是在装深沉，总是贼头贼脑远远看着你却绝不亲近你。

比熊就不一样了，有着粉扑一般柔软的毛，眼睛又黑又圆，看起来总是很开心，总是很兴奋，总是想要和你在一起，用舌头狂甩你的脸。

// 6

有一次半夜，突然发现猫不见了。这种状况时有发生，被关书房啦，被关衣柜啦，被关各种密室啦，反正你也不知道它什么时候进去的。那天，我们一家找了半小时，楼上楼下、屋里屋外都找遍了，还是找不到。问狗，狗也不知道它去了哪里。

实在找不到了，我脑中闪过一个可怕的念头——不会被关进冰箱了吧？

我家冰箱是那种双开门的，特别大，猫对这种巨型盒子迷之向往，好几次想钻进去都被我们制止了。

这个时候我稍许有点慌了，脑内各种恐怖片场景，已经开始想：千万不要是冷冻室，冷藏室还有救！

就这么怀着忐忑的心情，我鼓起勇气打开冰箱门一看——没有冻僵的尸体！简直大松一口气！！

最后在橱柜里找到了它，睡得可香了。：）

11 7日

养猫的都知道，猫天生有种摇滚精神——放荡不羁爱自由，特别向往外面的大千世界，只要一有机会就会实施越狱。一旦越狱成功，心情好隔三差五回来看看你，心情不好直接在外面开枝散叶跟你撒油娜拉了。

我家猫也是，它最爱待的位置，是窗台、阳台，各种能看到外面世界的地方。

每当狗出去上厕所，猫就会默默蹲在门口，等它回来。

狗和猫相反，是个死宅，特别不愿意接触社会，小区里别的小狗向它示好，它就色厉内荏地恐吓对方，完了自己在旁边瑟瑟发抖。

比它症状还严重的我只知道我们邻居家的一只泰迪，叫“美金”，只要主人一说带它出门，它就性情大变，百般不愿，还要咬人！

所以你看，每只动物都有自己的性格，就和人类一样，真是神奇至极。

11 8日

猫有时候特别贱。去抓它，它逃，我就在后边追，然后它会躲到沙发底下，身子进去了，尾巴在外面，那模样，蠢得让人心碎。

// 9

狗有个很好也是很不好的品质，太信任人类，只要人给它的食物，无论是什么都会吃。我给它喂药从来不用喂药器，只要摊开掌心喂到它嘴边，它就会乖乖吃下去，就算是毒药恐怕它也会毫不犹豫吃下去。

和它相反，猫只吃猫粮，从不吃人喂给它的东西，你要硬塞它就敢让你见识下无影爪的厉害。

// 10

以前写文的时候时常会用到“像被一只大猫舔了”诸如此类的语句，养了猫之后才惊叹过去自己多无知，那舌头跟沙皮一样，舔久点感觉都能舔掉你一层皮，还真不是舒服的体验。不过倒是梳毛的好帮手。猫不仅给自己梳，还给狗梳，而狗有时候也会给猫舔毛。每当看到这幅狗友猫恭的场景，我都老怀欣慰。

// 11

给猫剪指甲是个体力活，挣扎，剧烈挣扎，死命挣扎，一切温顺都是骗人的，是为了麻痹你，为了突然给你个大嘴巴子。

有次不小心它挣扎得太厉害，我眼睛一歪，把它的肉垫剪坏了！剪了个口子！艾玛，那瞬间日月无光天地泯灭，觉得自己怎么那么笨啊，连剪个指甲都能见血。

那之后再剪都会特别小心，并且练就了速战速决的神技。

// 12

狗睡觉会打呼，睡得非常熟的时候还会翻白眼。有次它打呼声音太响了，我在屋里它在屋外，隔着扇门都能听到，我就给它录了下来，第二天发朋友圈供大家欣赏，获得点赞无数。

猫睡觉倒是很安静，但它最近喜欢睡在高处，每回早上下地都会发出“咚”地一声巨响，能直接把人震醒，一点没猫科动物的轻盈，不知道是不是和狗待多了的后遗症。

// 13

没养猫之前，我们去哪儿旅游都会带着狗。有次去济南的时候，经过一个风景区，当时刚下好雨，地上还是湿的，狗跑过一圈后毛全黑了，回程坐景交车，怕弄脏车，只好把它装进塑料袋里拎着，就这么一路拎下了山。

养了猫后就不带狗了，因为它们可以彼此作伴，狗终于不用独自寂寞地看家了。

// 14

加菲这种猫，好似狗中八哥，眼鼻处有道沟，容易堆积眼屎，必须每天早晚各擦一次脸，不擦就会变成熊猫眼。

我们家猫是个左撇子。

为什么我会知道呢？

因为别家的猫自己用爪爪擦脸就能擦很干净，它不行，它不仅没把脸擦干净，还把爪子擦变色了。它爪子原本是雪白雪白的，结果一直不自量力想要自己洗脸，靠里侧那块毛就给染成黄色的了。

庆幸它是只三花，那块黄毛瞧着还挺天然。

// 15

大家都知道，我们南方人，没有暖气，冬天都是用命在抵御严寒的。

往年冬天，晚上躺被窝里，冷得不行，脚怎么也暖和不起来，实在没法子了，只能把狗垫在脚下。狗的体温比人类要高那么一点点，非常暖和，跟个汤婆子一样，多亏了它我才能活到现在。

// 16

狗 11 岁啦，已经是老祖宗级别的了。虽然还是很活泼，但是眼睛已经不行了，上下楼梯必须给它开灯，不然就不走。腰椎也不太好了，去年检查发现生了骨。医生说这是老年病，没办法的，发作的时候只能打针吃药。

我知道它终有一天会离开我，但我希望这天尽可能晚一点，不然咪咪多寂寞。

// 17

作为不脱毛的狗种，狗每过一段时间就要修一次毛，每次修好造型，我都有种“我是不是换了只狗”的错觉。

猫呢，无时无刻不在掉毛，我每天都在担心它会不会秃。

// 18

猫前几天发情了，整晚嗷嗷叫，满地打滚，走路都不会走了，有天还吸引来一只大黄猫，在门外不停喵喵叫唤。我听到声音把大门打开，狗和猫往门口一坐，隔着纱门与大黄遥遥相望，那画面真是大写的“滑稽”。

// 19

我平时喜欢摆弄花花草草，家里有几盆别人送的不知名兰花，开花的时候花朵呈淡绿色，纤细小巧，气味芬芳，十分优美，我一直非常珍爱。

但有一天当我清早起床，往阳台上那么一瞥，惊见猫惬意地卧在半空，啧啧称奇，定睛一看，发现它是整个压在我种的兰花上，瞬间清醒，继而目眦欲裂，冲过去就是一顿教训。

然并卵，几天后它又睡了一次。

// 20

狗有时候睡得好好的，只是尾巴或者耳朵甩了甩或者抖了抖，猫就会一下子扑过去把狗惊醒。狗脾气上来了跳起来就追着猫啃，家里便会上演猫狗版的漂移大战。狗的“设备”老化没猫好，总是打滑追不上，如果追上了，那一定是猫放了水。

它们带给我太多的欢乐和惊喜，是我们家的“乖囡”和“宝贝”，虽不能陪我到永远，但能遇到它们我已知足。

我爱你们，我的小天使。

太珺的旅程

文/王小洋

很多小狗依偎在她身边，她眼神迷离安宁，带着些许困意，终于不用再为明天担心，不用担心又会流落到哪里……她终于找到了旅程的终站。

王好朋友岳峰来北京看摇滚音乐节，约好临走前一天来我家做客，结果那天我一直等到晚上他也没来，电话还很神秘地关机了。估计……哈哈……我懂。很邪恶地想。

家里因为一场失约突然显得有些空寂，我抚摸着这个家熟悉的墙壁，准确地讲：这里马上就不是我的家了。就在几天前，房东下了最后通牒：必须尽快搬走！因为她要把房子卖了。

该去哪里呢？我感觉自己就要变成一个无家可归的人。

就在我放弃等待的时候，电话响了。是岳峰。他气喘吁吁地解释失约的原因是因为遇到了一个麻烦。

"啊？什么麻烦？"

"我捡了一条流浪狗。"

"啊？流浪狗？"

"对！"他仔细讲解，"这只狗是昨天我和同学出去的时候捡到的，当时它正被人追打，我们把它救了。今天我们整天都在找能收留它的地方，结果一直没找到，手机也没电了。我们还去了收容站，但看到里面的样子，实在不忍心把它送进去。但是！你知道，我明天就回湖南了，而我的同学和人合租的出租屋里规定不许养狗。所以……你愿意收留它吗？！"

"啊？我？！"

怎么可能！！我的生活太动荡了！！完全无法担负起一个生命！！我用大概这个意思回绝了他，但答应至少尝试帮他的狗找个归宿。

我发了个朋友圈，配了那只狗的照片，一只白色的女拉布拉多（也许是？我也不懂）。竟然马上就有消息了，一个朋友说他的朋友愿意养这只狗，一会儿就能来取。我赶紧把这个好消息告诉岳峰，他说：太好了！真顺利！那我们这就把狗给你送去！

我说：来吧来吧！哈哈哈！

但是，如果这件事真的这么顺利就好了。

就在我骑车去公交站接岳峰和他同学的路上，朋友的电话突然又响起了……

“那个……对不起，我朋友突然反悔了，狗他不要了。”

“啊？”

……

我的心情突然沉重得像此时正蹬着的那辆破旧自行车。还来得及反悔吗？那一刻我好想马上和岳峰和他同学说：别来了！别来了……

可当我抬起头，发现他们已经到了，就在我前方不远处，两个男人和一只狗，坐在马路牙子上。

那画面有点诙谐，诙谐的点是，岳峰依旧是一身黑夹克，大头皮鞋，很摇滚的样子，但他身边那个同学比他还摇滚，一身又黑又破的衣服，裤子上拴着大铁链子，还戴着耳环，貌似还有其他环……怎么说呢？“不三不四”这个词仿佛是专门为他们定制的。但就是这两个“不三不四”的人，竟然爱心大爆发救了一只流浪狗，还为它奔波了一天……

“就是这只狗吗？” 我看了一眼他们身边那只脏兮兮、瘦巴巴的狗，有点心有余悸。我把刚才的坏消息告诉了他们，同时接过了狗，有如接手一个烫手山芋。我知道，接下来的日子里，这只狗只能先住进我家了，直到新主人出现为止，我已没了选择。

我们把那只狗装进我的自行车筐，在这个过程中它一直战战兢兢，而当我刚骑上车的一刹那，它一下子就从车筐里跳了出去，前脚没踩稳，嘴都磕到地上了，但它也来不及喊疼，爬起来夹着尾巴就跑走了，狼狈地跑到马路中间。岳峰的那个比他摇滚的同学的确比他摇滚，他想都没想就冲到马路上。那只狗看到他，似乎才失去刚才的惊慌。他轻而易举就把那只狗抱回来了，尽管当时我的脑海曾闪起这样邪恶的念头：倒不如它就这样跑丢也好……

其实我到现在也不知道岳峰的那个同学叫什么，暂且叫他摇滚男孩吧。

那个摇滚男孩抚摸着那只狗说：“‘太军’很怕人的，只是不怕我。”

“哦？它叫？”

“‘太军’。这是我给她起的，觉得‘太军’这个名字霸气冲天！而她似乎也很喜欢，每次叫了都有反应，也许和她以前的名字很像吧。”

“‘太珺’……好美的名字。”其实那时我在心里早就把“太军”这个鬼名字改成了“太珺”。

那个晚上岳峰和摇滚男孩一直把太珺抱到我家，摇滚男孩叮嘱说：“最好能给她洗个澡。如果饿了就喂她火腿肠，记得放足够的水别让她渴到……”临走时他抱了太珺，眼神中闪烁出特别不摇滚的光。

就这样，即将无家可归的我和曾经无家可归的太珺，两段旅程短暂地重叠到一起。

太珺来的第一天晚上，她始终和我保持一定距离。我每动一下，都能吓她一跳。倘若我试图走近她，她绝对能以各种姿势翻滚——跳跃——逃窜开去，然后再在另一个安全的距离里又趴下。我从没有养过母狗，也不知道这是不是女性狗狗的特点，见了帅哥就矜持（……），于是只能试图对她说："太珺，别害怕，我不是坏人。你闻，我的身上还有狗味儿呢！"但她依旧不理我，只用警惕的余光盯着我，直到眼神慢慢迷离起来，她困了。

"呼……"。我听到一声叹息，那还是我第一次听到狗的叹息。她似乎终于死撑不住了，整只狗松懈下来，过了一会儿，房间里响起微微的鼾声。我趴在沙发椅背上一直望着她……她的睡姿很娇柔，的确是个女孩儿。如果洗了澡，她的毛应该是雪白雪白的吧？如果不是因为流浪，她一定是一只很漂亮的狗吧？

然后那个晚上我竟然在沙发上睡着了。

太珺来的第二天，我喂了火腿肠给她。火腿肠是岳峰的同学摇滚男孩留下的，他留了 4 根，说 1 块钱一根，楼下小卖部就有卖。太珺吃火腿肠的时候狼吞虎咽，一点儿都不优雅。

为了防止她在房间里大便，我决定带她出去散步，但她夹着尾巴不肯出去，估计以为我要赶她走。

外出的时候我只能把她关在厕所里，怕她咬坏了房东的家具，那会给马上要无家可归的我又一致命打击。我把剩下的火腿肠都放在厕所，还有水，我摸着太珺的后背对她说："在家要乖哦！"那时候我发现太珺和我的距离竟然不知不觉间近了许多。

那一天我出演的一部电影在院线上映，虽然只有几句台词和一些一闪而过的镜头，我还是特地去电影院看了。晚上一个人在三里屯大吃了一顿庆祝，一结账：52 块！突然有些罪恶感，52 块，相当于吃掉了太珺的 52 根火腿肠。回来的路上我带着愧疚的心给太珺买了更高级的火腿肠。

“太珺现在在做什么呢？睡了吗？寂寞吗？……”

当我想起太珺的时候竟然有一种有人在等我回家的感觉，那感觉很温馨很奇特。于是我把火腿肠抱在怀里，加快了脚步。

相比昨天的狼吞虎咽，太珺今天的吃姿优雅了许多。

第三天，太珺越来越不怕我了，竟然开始展现了粘人的一面！她会用脸使劲往我身上蹭，求抚摸。我从来没养过母狗，以前养的公狗们都是抱着我的腿使劲蹭……

趁着太珺对我敞开心扉，我捉住她给她洗了澡。

洗完澡的太珺，突然让我感慨起来：哎呀！她多么美啊！如果不是因为流浪，她一定是只贵族狗。因为她举爪投足都浑然天成很有范儿，连趴着都是一只脚搭在另一只脚上，超级贵妇范儿！

晚上我坐在沙发上的时候，太珺又主动接近我了，它坐到我脚边，靠到我腿上，于是我把它抱到膝盖上，轻轻抚摸着她顺滑的背毛，突然感觉自己也很有贵妇范儿……

太珺在第四天早上竟然亲了我。就在我还没起床之前，感觉嘴上和脸上湿湿的，睁开眼，看见她正在舔我。啊，那个早上我的心都要随着阳光融化了！我抚摸着它的脑门，她干脆把脑袋搭在床上任我摸。

我终于成功带太珺出去散步了，但她还是紧张，一到户外就夹起尾巴。原来她不只怕人，更怕狗，特别是当有猥琐的公狗过来调戏她的时候，她就飞窜而去了。如果是我们刚认识那天，也许邪恶的小我还会庆幸地想：跑丢也好……而那时的我正紧追着它，到处找，呼喊她的名字：

“太珺——太珺——” “太珺——太珺——”……

最后在草丛里找到了惊慌失措的太珺。她看到我就跑过来，我拥抱着她，感到前所未有的安心。但伴随着安心的是，我突然想起我的家也要没有了，还不知要去哪里……

太珺还在浑身发抖，我只能把它抱得紧紧的，对她说：

“太珺，别怕！虽然我也要无家可归了，但我不会让你无家可归的……”

说到这儿，画面正进展到最煽情的时候，那只变态公狗色情狂又过来了，太珺吓得躲到我身后，我气愤地跑过去赶走了那个色魔。

第五天，我又把太珺关进洗手间，因为看房子的人陆续来了，房东要尽快卖掉房子。

厕所外是看房人挑剔的声音，厕所里是太珺的吼叫，她好像想把那些人赶走。

人走了后，从厕所出来的太珺一直在舔我，好像在给我安慰。我们对望着，只看到彼此无助的双眼。

真的不想搬家，甚至好想财大气粗地对房东说：“不就是想卖吗？劳资买了！”可是这间房子售价 170 万，如何买得起？这个时代，房价就是一场灾难，有钱的人买了越来越多的房子，没钱的人越来越买不起房子。

“我就要被赶走了……”我对太珺说。

那时她努力舔着我的脸，舔着我的眼角，我知道这是她作为一只狗能为我做的所有。

“太珺……”那一刻我抱着她，觉得我们是那么像。

当天晚上我接到两通电话，一个是上次要狗的朋友的，一个是摇滚男孩的。

上次要狗的朋友说：上次真不好意思。听说那只狗还在？我又有个朋友想收养它，这回绝对不会反悔了！他后天一早会开车来取。

摇滚男孩说："'太军'这几天乖吗？听话吗？她有没有吃饱？"

我对摇滚男孩说："告诉你一个好消息，有人肯收养太珺啦！"

他说："是吗……"

我说："是的，后天就来取。"

感觉他一点都没为此高兴。

第六天，又一批看房人走了后，房东竟然来了，她刚好路过要检查一下房子。讽刺的是，她居然不记得自己的房子在哪儿了："不好意思，这房子买来就是用来投资的，从来没住过。所以是几门几号来着？"

"呀，真温馨啊！这个房子被你弄得挺温馨吗……"房东进来后就赞不绝口，"可是洗手间里是什么声音？有狗？"

那里是太珺的怒吼，她生气了，一直在低吼，然后狂吠。和房东的见面在太珺不断的吼叫中结束了。房东走了后，我打开厕所的门，太珺看来还在生气，我拉住她，抱住她试图让她消气，对她说：别生气了，人类的世界就是这样的。

是的，人类的世界就是这样的。

那天晚上我边逛宠物超市边这样想着。我也是个可恶的人类。

那时我正在为太珺挑礼物，买了一袋狗粮，最贵的，还有进口的鸡肉干、啃咬棒、小罐头……完全停不下来。因为每挑到一样都会想到：太珺一定没吃过！一定要给她尝尝……这些，是我给太珺的离别礼物。

那天我带着礼物回家的时候太珺冲上来舔我，蹦得好高，有如迎接归来的家人。我不知该说些什么。

和太珺在一起的最后一天，还是到了。

早上我又是被她亲醒的，她越来越粘人了，或许她以为这次终于拥有了一个安定的家，可这里依旧是她的临时客栈，我也只是她生命里的一个过客。只希望下一个收养她的人，会是她永远的主人。

给太珺拴狗链的时候她似乎感觉到我要把她送走，于是一直在逃，躲到角落里。我不忍心看到她再流露出那种眼神，那是我们初见时她的眼神，那是在这一星期里已渐行渐远的眼神。

太珺“未来的主人”还是来了，他带了个大纸箱子，上面全是洞，太珺将被装在里面开始新的旅程。可我直到最后也没能把太珺装进箱子，因为她一次次挣扎，按进去，就跳出来，再按进去，又摸爬滚打地跳出来，嘴都磕在地上，一次又一次。屋里回荡着太珺“呜呜”的声音，好像在哭，令人心碎。

我不忍心再让她摔倒，因为不知道为什么我也开始感到疼；我也不敢再看到她的眼睛，因为每一次四目相接我都会感到有什么东西突然在眼睛里打转！

但我还是用尽全身力气尝试了最后一次，终于把它按进了箱子，但在把盖子盖上的一刹那，箱子里发出一声好绝望的叫声，在那个叫声里，我眼睛里一直打转的东西一下子就滴落下来了。

“啊啊啊——”

我反悔了！我反悔了！！

我慌乱地撕开箱子，摸爬滚打般抱住太珺，并对她“未来的主人”疯狂道歉：

“对不起！对不起！不送了！！狗我不想送人了！！不送人了！！！”

慌乱之中我的电话也来凑热闹，响个不停，接起来，竟然是摇滚男孩。

电话那头是气喘吁吁的声音：“太珺还在吗？！我想了很久！我要收养她！我决定搬家！我要收养她！！我这就赶过来！！我要收养她！！！别把她给任何人！！！”

在太珺“未来的主人”摇着头走了后，摇滚男孩赶来了。

我想这一定是太珺的生命里最值得骄傲的一天。就在这一天，从来没有归宿的她竟然同时被三个男人争抢。

走廊的另一端，是依旧穿着一身又黑又破皮夹克的摇滚男孩。

我对太珺说：“太珺，做出你的决定吧。无论怎样，我们都爱你。”

然后我看着太珺狂奔起来，当她扑进摇滚男孩的怀里，而摇滚男孩也将她紧紧抱住的时候，那是我见过世间最温情的画面，也是最不摇滚的画面。

“太珺，太珺……”摇滚男孩一口口喊着她的名字，太珺舔着他的脸颊，仿佛一对久别重逢的亲人。

房子终归卖掉了。

退租交接的时候，房东望着空空如也、残残破破的房子，感叹说：“真神奇，原本是这么普通的房子，你竟然能把它变得那么温馨……”她又踱了几步，好像突然想起什么，又说：

“对了，你的狗呢？”

在与太珺分别以后，我的生命也开始了新的旅程。我搬到了一个合租房里，那房子里有北漂的导演，有北漂的摄影师，有北漂的歌手，有新的青春故事。几年之后，我也变成了一个民谣歌手，一个人背着吉他走遍全国，一段一段旅程没有停歇。

在全国巡演路过湖南的时候，我又遇见了岳峰，如今他已变成了民谣演出策划人。岁月为一些人脱去叛逆不羁的摇滚皮衣，换上随遇而安的棉麻衬衫。我们又聊起他的同学摇滚男孩，但话题却全是太珺。

“知道吗？太珺已经成了祖母了。哈哈哈……”他说。

在那场百转千回的离别后，我再也没见过太珺，但我曾多次想象过她往后的生活……很多小狗依偎在她身边，她眼神迷离安宁，带着些许困意，终于不用再为明天担心，不用担心又会流落到哪里……她终于找到了旅程的终站。

闪闪惹人爱

文 / 灯芯

闪闪是只漂亮的黑白平托小母刺，已经一岁半了。说起刺猬，大家脑海里想到的大概是黑黑臭臭爪子很长的中华田园刺猬，但闪闪和它们有很大差别：它没有明显体味，个子小小的，背部覆盖着漂亮的黑白分明的刺，柔软的腹部长着洁白的毛，眼睛黑亮有神，很讨人喜欢，连我家对小动物不太感冒的妈妈也说闪闪是只长得很好看的小刺猬。非洲迷你刺猬的颜色大致分为四种——原色、杏色、白化和平托（混合色），成年体型基本约为手掌长度（喂得过胖的刺猬会更大），它们是杂食性夜行动物，所以活跃的时间是晚上，早上是它们睡觉休息的时间，要注意不要过分打扰它们。

有人形容自己的性格像刺猬一样，胆小而且警惕心重。没错，刺猬的性格就是如此，即使是像闪闪这种经过人类驯化变得比较适合作为宠物的非洲迷你刺猬，也不像汪星人或者猫星人那样喜欢亲近人类。闪闪算是性格比较大大咧咧的小家伙，但也只喜欢在熟悉的环境和熟悉的人互动，对于陌生人的气味它是相当敏感的，如果强行接触的话闪闪可是会立马炸着缩成一个刺球呢，很多初次接触闪闪的朋友都会被它这副样子吓到（笑）。

[初入坑]

我养非洲迷你刺猬的时间大约有两年多，当时家里已经有了兔子呆毛，心想着再接个小家伙回家吧，于是在小型宠里面搜索，考虑许久才决定养刺猬。刚入刺坑时什么都不懂，只能找各种国外论坛和社交 APP 上的资料以拓宽自己的知识面。相比起中国，在美国和日本养非洲迷你刺猬的玩家更多，他们中大部分是科学养殖，经验丰富，弥补了我很多养殖知识上

的不足。这里要说的是，虽然每个人养宠物的方法各有不同，但我建议养任何宠物都尽量科学养殖，这样宠物才能生活得更好，活得更久。受某些商家舆论的误导，我一开始也以为刺猬就像仓鼠兔子那样很快就能亲人上手互动。闪闪两个月大，按理来说养宠物选择幼年期是因为相比起成年期更容易亲近人类和建立信赖关系，我每天都会花至少一个小时和小刺猬互动。结果一个星期过去了，小刺猬仍然像刚到家那副样子，一闻到我气味就紧张地竖起背上全部的刺，让人根本无从下手（欲哭无泪）。更杯具的是，鼓起勇气咬着牙刚想下手抱抱它就被狠狠地咬了一口，我当时整个人都不好了：“谁说非迷是亲人的掌上萌宠的！”这一咬直接把我从美梦中咬醒了——刺猬就是刺猬，就算被驯化多久，它们骨子里头的习性是不会改变的，作为主人应当尊重它们这一点并调整和它们的互动方式，循序渐进。

[和刺猬互动的正确打开方式]

刺猬的饲养方法根据它们性格不同而有所不同，像性格比较胆小谨慎的刺猬，住所要选择安静隐蔽的角落，务必要创造一个让它们安心的环境给它们。闪闪比较大胆好奇，它的饲养箱则放在大厅的明亮处，但也要避开放在电视机等会发出较大声响的家电旁。和刺猬接触动作要轻缓，想象自己对于它而言就像《进击的巨人》里的巨人就对了（笑），只要不是太突然太剧烈的动作，它们一般都可以接受，不然炸你一手刺可不是闹着玩的。闪闪是相对可以接受更多互动的小家伙。它最喜欢吃好吃的，睡醒了

就会跑出来用鼻子一探一探地跟你讨好吃的营养膏，大家都知道和小动物拉拢感情最有效的方法就是美食诱惑啦，这招对闪闪真是屡试不爽，很快它的警戒心就会放下很多，实在太没底线了（笑）。

[闪闪的小趣事]

养了刺猬后我正式开始了海淘这个大坑，没办法，国内的宠物用品资源实在太贫乏了，为了给它们更好的生活我时不时在日本亚马逊上买刺猬粮食和刺猬用品，现在已发展成定期和刺友们一起组团买买买了（笑）。我喜欢在自己能力范围内给它最好的，希望国内宠物市场也能早日完善。

上一次我费了好大劲给它买了一款日本跑轮，放着好多天了都没见闪闪玩过，我好气馁，但转念一想会不会是晚上才玩呢，毕竟它们是夜行动物啊，于是好奇的我在它的笼子里安装了夜视摄像头，偷窥闪闪夜晚都在干吗。我发现这只白天只顾睡觉的小东西，晚上简直像打了鸡血似的精力充沛，悠然自得地四处探索走动。埋头吃过东西后，竟然可以一整晚都在跑轮上跑步，那健步如飞的样子简直让我不相信竟然是那个懒懒的闪闪。我想起以前看过一个养仓鼠的主人将小米手环绑在仓鼠的跑轮上计步，竟然一晚跑出了三万多步，然后他的步数排名一直处于第一（其中最大功劳是他家的仓鼠）。

别看刺猬性格傲娇高冷，其实它们是很呆萌的小家伙。我特别喜欢把闪闪翻过来看它团起来一脸懵逼的样子，然后抚摸它完全服帖的顺顺的刺，一点都不扎手，感觉到它对我的信任，心里充满幸福感。但闪闪不太喜欢除了我之外的人碰，就算我老公也不例外，有时候远远听到我老公的脚步声闪闪都会发出噗嗤噗嗤的警告声外加浑身竖刺。强抱的话还会在人身上拉屎以示不满（尴尬），所以在朋友抱它之前我都会先把它的习惯说清楚再由他们决定抱不抱（通常被我一说就没人敢抱了……）。

[闪闪的小想法]

不知道大家有没有听说过宠物沟通师？最初我们在国外脸书上看到宠物沟通师的相关介绍以及案例都觉得很神奇。百闻不如一试，前阵子在一位刺友的介绍下通过宠物沟通师了解了闪闪的想法，挺意外的是，有些只有我一个人知道的问题，沟通师竟然也能说出来。比如沟通师说闪闪说它觉得很闷（它现在住的箱子的确是通风不太好），然后闪闪问它以前的红色棉窝去了哪儿了（因为天气太热我就把棉窝撤走了），还有它提出想要天然素材的躲避屋（类似它小时候住过的木头屋）。惊讶之余我赶紧问它最关键的几个问题："你身体有没有哪里感到不舒服？""觉得寂寞吗？""对现在的生活满意吗？"万幸的是，闪闪虽然觉得现在的生活是挺无聊的，但身体上并没有不适，我听后心里稍微安心了下来。

是不是很神奇？我是这样认为的！人类竟能真的听懂动物的诉求？

你要不要也来养只宠物试试和它沟通呢？

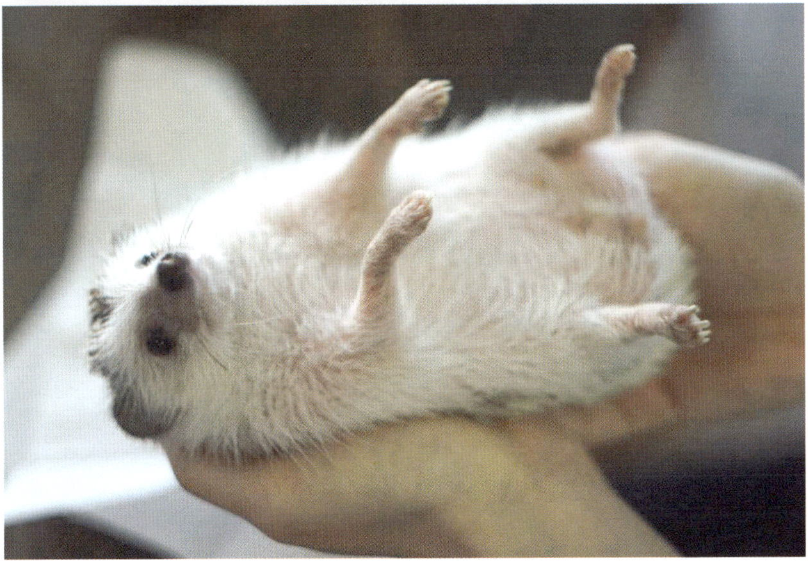

董全全和董卷卷

HELLO 文/汪汪

♥ 1

董圈圈丢了。

董圈圈是我的狗，一岁大的秋田犬。我的狗丢了。

董圈圈是我在甜甜圈店门口捡回来的，我拿着肉串路过甜甜圈店，觉得有东西咬裤脚，低头就看见一只哈喇子快要掉到地上的狗。

我鬼使神差地给了它一根肉串，然后这条馋狗就认定我为亲爹了，以至于我进地铁的时候，它还一步不离地贴着我。

“同学，宠物不能进地铁。”

一位穿着制服、化着淡妆的女性地铁工作人员对我说这句话的时候，我明显感觉到她的白眼都快翻到后脑勺去了。

我刚想辩解这不是我的宠物，一低头看到旁边的狗爪子都快黏到我的腿上了，只好叹气认命，转头出地铁去拦出租。

我们宿舍，我和呆毛都是本地人，腿哥和小斌是旁边市的，基本没什么生活习性上的沟通障碍，一直相处融洽。

起初我说将董圈圈带回宿舍的时候，其他三个人都是拒绝的。

呆毛说宿舍已经有四条单身狗，不需要再多一条。小斌有轻微洁癖，威胁我说，如果董圈圈再在宿舍多待一秒，哪天他就趁我不在神不知鬼不觉去学校后巷的狗肉火锅店吃“董圈圈火锅”。

只有腿哥表情凝重地盯着董圈圈这只蠢狗的脸研究了五秒，说：“这是只秋田犬，所有犬种中最爱干净的狗之一，体味也很小，女生都很喜欢。”

小斌在一旁愣神了一下，反应过来说：“不就是日本的土狗么，整得跟要礼遇外国贵宾一样。”

呆毛脑子转得最快：“我懂腿哥的意思，你是说外语学院的林菲吗？”

腿哥现出一副“知我者莫若呆毛”的表情，给在一旁同垃圾桶里卫生纸做斗争的董圈圈丢了一块五香牛肉干。

林菲是高我们一届的学姐，腿哥的女神，最近朋友圈里天天发一些柴犬的图片，少女心全开，高喊萌出血。

腿哥明显就是想借跟柴犬撞脸的秋田犬去讨好他的女神，这小子太鸡贼了。

问清楚我这狗是甜甜圈店旁边捡回来的，呆毛说那就跟你姓，叫董圈圈了。

腿哥已经开启边逗狗边拍照模式。

呆毛本来就没有太反对，平常跟腿哥关系也好，现在就只剩下小斌。小斌看大势已去，喃喃道：“只要董事长弄好卫生，我没意见。”

我叫董郝，但他们都喜欢叫我董事长，并非我家财万贯是个富二代或官二代，当然我等凡人也不是没有幻想过这种时候。

腿哥在意淫他和她的女神林菲以后的孩子取什么名字时，曾用一副艳羡的语气说：“我为什么不姓董，这样林菲嫁给我，以后孩子叫董事长，第一步赢在人生起点。”

腿哥姓窦，小斌在一旁泼冷水：“呵呵，那你应该回到东晋南朝，那样你女神得冠你的姓，叫窦牛氏。或者你干脆改姓西，找个姓红的老婆，西红柿更好听。这样不管老婆还是孩子，你都赢在了逗比人生的起点。”

我们几个乐坏了，连称小斌最近白天黑夜里埋头于魏晋南北朝的野史杂书没有白看，总算有点服务于民众的好东西。

这以后，我董事长的名号就被叫开了。

腿哥说我抢了他未来儿子的名字，我觉得腿哥忒幼稚，这种小学男生的梗也要坚持一路到黑。

不过照这个逻辑，董圈圈是我儿子，也就是他孙子，腿哥的孙子是条狗，想到这里，我就没有再反驳过他。

最终，在我这个真正的狗主人还没有发表任何意见的情况下，董圈圈就已经被起好名字，腿哥还为其规划了详尽的狗生——董圈圈从现在开始，就要担任起日后拉近他与他女神林菲之间距离的艰巨任务。

不一会，我就看腿哥在朋友圈里更新了一张董圈圈那只馋狗受不住牛肉干诱惑，流口水的大头照片，林菲在下面使劲按赞，狂发爱心。腿哥出师告捷。

圈圈丢了，几个人上蹿下跳，跟疯狗一样满校园贴寻狗启事，破天荒地出席最无趣的社会哲学课，就为了多发一些传单，让更多的同学看圈圈的照片。

弄得社会哲学的老教授看到人员暴涨、交流热络的课堂氛围，学生活泼且生机勃勃的精神面貌，老泪涟涟，说我们是他教过最上进的一届。

舍友们逛遍了学校周边各种狗肉店、宠物店和花鸟市场。

我恍然觉得，也许我丢了都享受不到这个待遇。

♥ 2

接到董全全电话的时候，已经是董圈圈失踪半个多月以后了。

“你好，我是董全全。”

在一个翘课的早晨，被窝里，我接到了一个陌生电话，电话里清甜的女声登时润湿了我干渴的喉咙。

圈圈成精了，能自己给我打电话了？

虽然我还处于懵圈的状态，也没法遏制我出于男性本色的本能——想要和成精后的美女董圈圈深入攀谈的欲望。

不过宿舍的空调太干了，我咳了好几声都没能出声，早知道当时就不应该因在床头放置加湿器这一行为太娘不够爷们就拒绝小斌的建议。

“你好？请问你是董同学吗？你好！你有在听吗？”

“圈圈你这条死狗！你跑哪里去了？！”在吞咽了好几口唾沫之后我终于能够发声。

电话那头显然被我充满男性荷尔蒙的声音惊艳到，“啪”一下把电话挂了。

被挂断电话，我才想起来，董圈圈是一只公狗。

与董全全约在校图书馆门前，她说她晚上要去那里自习，顺便将狗还给我。

半个多月不见，圈圈这家伙一副玉树临风的样子站在董全全旁边，一改当时待在我们宿舍的猥琐样，果然跟什么样的主人便是什么样。

“真不好意思，你的名字跟我的狗名字太像了，我一下没反应过来，不是故意喊你死狗的。”我讨好地对董全全说道，顺手将一杯星巴克的冰抹茶拿铁递了过去，“请你喝，等下去图书馆好提神。”

董全全面带疑惑地将圈圈的狗绳递给我，估计是在思考我刚刚的那段话有几分道歉的意思。

不过她很快就放弃了，将注意力放在我右手的抹茶拿铁上，惊喜地叫道：“你怎么知道我喜欢抹茶的。”

“可能我在你身上放了摄像头。”我故作神秘地说道。

我当然不知道，我只是进去看哪个有折扣就要了哪个。

董全全还真转身朝身后及四周望了一下，不过马上就醒悟过来：“装了摄像头你怎么没能早点找到你的狗！”说完，她将抹茶拿铁的吸管塞进嘴里，狠狠咬了咬吸管。

这妹子太可爱了，明晃晃的太阳下我觉得自己体温有点过高。

董圈圈过来拱了拱我的裤脚，跟一只猪一样，半个月不见，胖了不少。

“谢谢你把圈圈照顾得这么好，下次一定要请你吃饭表示谢意。”我真诚地说。

“请吃饭就免了，你定期让我看看它吧，谁叫我们这么有缘，连名字都差不多。”

董全全依依不舍地蹲下来揉了揉董圈圈的狗头，董圈圈也一副期期艾艾的样子直往她怀里钻，惹得董全全嬉笑连连，边阻止董圈圈边说：“别乱蹭，好痒好痒。”

画面太凶残我不忍细看，董圈圈这条馋狗半月不见就添了色眯眯的毛病，家门不幸！

♥3

目送董全全进了图书馆的大门之后，我赶紧在群里给宿舍另外三个发消息，圈圈已找到，晚上九点堕落街烤串摊，我请客。

烤串摊老板一见我，就高兴地招呼道："呵，你儿子找到了，今天看在董圈圈的面子上，给你们打九折。"

想不到我也有父凭子贵的一天，还没等我感慨完，呆毛和小斌就已经过来了，小斌一向是抗拒来吃烤串之类路边摊的。

在有洁癖的处女座男小斌眼里，烤串摊点就是集大成现实版的《细菌浩劫》，不过因为今天董圈圈回来，他一高兴，就忘了上次他跟我们一起吃路边摊上吐下泻以至于缺席专业课考试的悲惨事迹。

腿哥和林菲到的时候，董圈圈正在"吭哧吭哧"地和竹签上残存的一点肉作斗争。

林菲惊叫着一把将它搂到怀里："圈圈！我想死你了，你总算回来了。哎呀，董郝，你给它吃的什么呀？！别老给他吃这些不……"

林菲的"不干净"几个字临到嘴边，看了看老板，又咽了回去："别给他吃这些带了好多调味料的肉，会掉毛的。"

董圈圈这条蠢狗刚开始还很卖命地摇尾巴回应林菲的热情，后来发现林菲并没有要多给她肉吃的意思，甚至连刚刚竹签上剩下的一点肉都没吃到嘴里，就有点蔫头耷脑了，眼巴巴地盯着我要塞到嘴里的肉。

呆毛笑着递了一把烤串给腿哥，对林菲说："我们几个吃了都没事，狗吃了还能有什么事，圈圈全身的毛掉几根也没什么大不了的。"

林菲一时语塞，转头对腿哥撒娇："窦窦，你说，我说得对不对？"

一声"窦窦"恶心得我拿串的手抖了几抖。

腿哥立马笑嘻嘻地说："菲菲说得当然对，等下我们就去给圈圈买最好的狗粮。"

"还是窦窦最好了。"林菲飞扑上前给了腿哥一个熊抱。

这下不止我，呆毛和小斌都明显地抖了几抖。

说起来，这都还要归功于董圈圈。腿哥鸡贼地天天在朋友圈里更新董圈圈动态的行为，成功地引起了林菲的注意力。

林菲通过腿哥天天对董圈圈进行无微不至的关怀，渐渐腿哥的朋友圈就从董圈圈的吃喝拉撒单身狗照，变成了董圈圈和林菲的合照，腿哥也成功脱离单身狗行列，成为虐狗人士。

林菲这姑娘挺好的，只是偶尔撒娇，自以为很萌的扭捏作态有点膈应人，让我们稍稍受不了。但谁叫腿哥好的就是这一口，这种时候我们仨就只好自动变成透明人，视而不见，默默地该干啥就干啥了。

不过今天我主动接了话茬："是呀，我也觉得圈圈以后要少吃点调味料。"

呆毛和小斌极其默契，同时诧异地望了我一眼，用眼神向我传达：有病早治。

我直接无视，继续问："菲菲姐，你们外语学院是不是有个叫董全全的女生？"

林菲停下揉搓董圈圈狗头的手，指了指怀里的董圈圈，问："董全全？是董圈圈的亲戚吗？"

我赶紧摆手："不是不是，是今天把圈圈还给我的女生，也是你们外语学院的。"

林菲歪着头想了一下："董全全，哦，我想起来了，好像低我一届的确实有叫这么个名字的女生。”接着冲我神秘一笑，“怎么，看上人家了？”

旁边的呆毛和小斌登时就开始起哄，我干了剩下的半瓶啤酒，没作声算是默认，说实话这酒放温吞了之后入口有点涩。

董圈圈似乎感觉到它今天吃不到肉，拼命在林菲怀里挣扎，整只狗都不好了。我忍住不看董圈圈的一脸委屈：你爹现在正在想办法给你找个妈，小不忍则乱大谋。

♥4

在林菲的帮助下，我知道了董全全的身高、体重、血型、星座、最常去上大课的几个阶梯教室、图书馆自习时最常坐的位置、校门口经常光顾的几家小店。当然这些都不是重点，重点是董全全暂时名花未有主，何况我还有董圈圈这个助攻神器——助攻神狗。

呆毛和小斌都赌董全全即将成为董圈圈下一个牵线成功的案例，赌注是董圈圈一个月的狗粮。

一开始关于这个赌注我就是双手双脚赞成的，不管怎样我这个当爹的都是最大受益者。大部分的女生对长毛的动物都无力抗拒，林菲就是个很好的例子，我想董全全应该也不会例外。单单基于这一点，我觉得我不赢就太对不起呆毛和小斌想要给董圈圈贡献一个月口粮的赤子之心了。

不过董全全比我预想得难以接近，已经两个月了，我们两个还只是停留在一起遛董圈圈的交情上，通常都是董圈圈在前边撒丫子疯奔，我跟董全全两个人在后边夺命狂追。

我觉得董圈圈最近被宠溺得有点过分了，让它学会了恃宠而骄，例如每天半夜都会悄无声息地离开它的笼子扑腾上床，一屁股将我坐醒。

看来很有必要对它进行戒骄戒躁教育，以此来树立我这个当爹的绝对地位。

我把董圈圈交给了董全全，说："圈圈跟着我们宿舍几个大老爷们胡吃海喝，暴饮暴食，导致体重急剧增加，医生建议它减肥。减肥是甭指望我们宿舍那几只了，你们女生不是经常嚷着减肥减肥么，应该比较擅长这个。"

董圈圈这只蠢狗欢天喜地跟着董全全走了，一个回头都没给我，都说秋田犬聪明，我老错觉董圈圈应该是哈士奇投错了胎。

过了一个星期之后，董圈圈看见我的眼神跟见了五花肉一样，朝我飞扑过来的速度让我恍惚以为它一个星期的时间进化成了金钱豹。

经过此次戒骄戒躁教育，圈圈对我言听计从，估计我现在在它眼里应该是一块移动的五花肉及充足狗粮发放机。

我和董全全终于能够在遛狗的时候，进行一下正常的对话。

那天晚上，董圈圈的晚餐是半份 KFC 全家桶。

❤ 5

我本以为董全全成为圈圈妈是没跑的了，到时候一家两口，加一只狗，添个孩子，叫董董董。对酒高歌，人生几何。

不料董全全仿佛是座无处落脚的冰山，虽然拜我这个当爹的地位稳固所赐，我和她有了正常的对话交流，可正常对话交流并不代表见面的问候语能从"你好"换成"你可以做我女朋友吗"。

好不容易加上的微信也没怎么起过作用，我学着腿哥在朋友圈狂发圈圈这只蠢狗的照片，密切到打嗝放屁拉屎事无巨细，偶尔会换来董全全不咸不淡的点赞。

算来已经快半年了，我们还停留在“还狗之交”上，我几乎要放弃了，甚至问过林菲，董全全是不是对男的不感兴趣。

林菲瞥我一眼，丢给我一句，可能对某些男的不感兴趣。

迫于我每天朋友圈狂轰滥炸的压力，呆毛和小斌不胜其烦将我屏蔽掉之后，将赌注改为成功后我要负责他们俩一周的大课签到，才答应帮我出谋划策。

小斌详细分析了我跟董全全的初次联系，眯着眼睛在他枕边抠出的几本烂书上戳戳点点，说：“看来，这狗还得丢一次。”

此时的董圈圈在低头专心舔菊花，对即将到来的危机浑然不觉，这段时间它特别醉心于此项饭后悠闲活动。

“董全全，我是董郝，谢谢你上次帮我找到狗。圈圈这次又不见了，你能帮我找找吗？”

“你白痴啊，你是丢狗心切的焦急青年，不是社交网站上和大叔暧昧的萝莉少女好么！”呆毛看我在备忘录上打好的草稿，一副吞了芥末的表情，抢过我手机，“删掉，我来给你发。”

“圈圈不见了！”呆毛点了发送。

下一秒，董全全的消息就回了过来：“啊！怎么又弄丢了？”

呆毛朝我挤眉弄眼，一副“你看”的神情。

"急死了，不知跑哪去了，圈圈去你那儿了吗？"

"我在上课呢，下课了就去找，老地方碰头。"

呆毛将手机丢给我，朝床上一躺："记得我这一周的签到。"

跟董全全奔波在校园里找不曾丢掉的董圈圈，是我继找到董圈圈之后过得最舒坦的几日。

♥6

腿哥打来电话："董事长，狗丢了。"

"我知道狗丢了，再丢一阵，我马上就可以搞定董全全了。没事，我先挂了啊。"再不挂游戏里的我就真的要挂了。

"不是……圈圈被宿管大爷发现了……"

我"腾"地一下站起冲回宿舍，情急得手挂到也没在意，这下董圈圈让我成了传说中的猪队友。

我和闻讯赶来的董全全撞了正着。

"506 的，你们怎么回事？竟然在宿舍里养狗！"还未进门就听到大爷中气十足的声音，"我给你们一天时间，要不这狗搬出去，要不你们跟这狗一起搬出去，要不我上报学校给你们记大过，全校通报批评。"大爷气鼓鼓地扫了我们几个一眼说道。

瞥见我挂破手抹到衣襟上的血，他原本还想说什么，也只是叹口气，换了语气道："年轻人，有什么事情不能好好说，能动口解决的就尽量不要动手，我也年轻过这么晚了，赶紧都给我收拾收拾睡了，狗我就带走暂时看管了。"

董全全在一边瞪大了眼睛，一会望望我，一会看看完全不关己事睡得跟死猪一样的董圈圈，一时不太明白明明不见了的狗怎么又突然回了宿舍。

虽然我很想告诉她，她现在的样子可爱极了，但此刻显然不是说这个的时候。

宿舍的声音越来越嘈杂，董圈圈醒了，从笼子里爬出来，伸个懒腰，亲昵地去蹭董全全的脚。

“大爷您看，这狗多乖，见了您来也没叫唤，您就睁一眼闭一只眼呗。”说着为了显示圈圈有多乖，我顺脚踢了它一下，“您看，挨踢也不……”

“叫”字还卡在喉咙里，董圈圈莫名其妙挨了一脚，开始使劲叫唤。

大家一时沉默，圈圈“嗷嗷嗷”地嚎了一会，估计觉得没意思，呜咽了几声，又蜷回笼子了。

“董郝，你就先把圈圈给大爷吧。”董全全在一边，扯了扯我的衣袖。

我有点难以置信董全全竟然会让我将董圈圈交给宿管大爷。

虽然这蠢狗平时是贪吃了一些，经常咬坏拖鞋，咬烂我上百的耳机，将卫生纸拉扯得满处都是，偶尔还会用刚舔完菊花充满屎味的嘴巴，来我脸上乱舔一气，将我刚洗的床单踏成自己的狗窝，但是她应该也是和我一样爱护它的呀！

“我不同意。”想到没有董圈圈的生活，我莫名有点心慌。

“董郝，你不要这么固执，先让大爷把圈圈带走，等下再来说圈圈走丢了又怎么找回来的事情。”董全全整理起圈圈的狗粮还有玩具，准备一起给大爷。

顿时，谎话被拆穿的羞臊感充斥了我的全身。

“我没什么好说的。”我夺下董全全手里的塑料袋，力度稍微有点大，“咣当”一下砸到狗笼子上。董圈圈立刻站了起来，不解地冲我歪着头，看到我手里塑料袋中的狗粮，以为到了开饭的时间，顿时流起哈喇子，欢腾地用前爪在笼子上扑棱起来。

多像那一刻在甜甜圈店旁遇见它，它的生命里只剩下我。

“董郝……”董全全还要开口说什么。

“董全全，圈圈是我的狗，怎么办我说了算，与你无关。”一时头脑发热，我脱口而出道。

董全全明显没料到我会跟她发难，无辜的大眼睛顿时蓄满了眼泪，撇了撇嘴拉开门跑了出去。

宿舍大爷饶有兴致地看完一对小青年拌嘴，心满意足拍拍肚皮：“好了好了，小年轻的事我不管，这狗我还是要先带走。”

小斌拦住宿管大爷不让走，情真意切地说：“大爷，我就拜托您一件事，您可千万别把这狗给吃了。”

董圈圈最终还是没能留在宿舍。

宿管大爷虽然在我们的情感攻势下没有将私养宠物的事情上报学校，但董圈圈继续待下去也是不可能的了。

腿哥和小斌都不是本市人，虽然我跟呆毛是本市人，但我爸妈都不在本市上班，呆毛家里就只有爸爸，还要再照顾一个即将高考的妹妹，养董圈圈都不太现实。

合计来合计去竟然只能将董圈圈送去市里的流浪狗收容所。

送董圈圈走之前，我们四个人和林菲又一起去了堕落街的烤串店，老板一听说我们是要给董圈圈开送别会，豪迈地说董圈圈吃的整串都不要钱。

呆毛一听恨不能将所有串都给圈圈咬一口再来吃，小斌冷静地扑灭了他的幻想："不管是你先吃狗剩下的，还是狗吃你剩下的，都是要算钱的，只有一整串都是圈圈吃的，才能免单。"

呆毛恶狠狠地咬了一口手里的串："小斌你阅读理解满分。"

我跟腿哥闷声不响，安静喝酒，一向话多的林菲也没什么言语，一直在给董圈圈顺毛，不再咋咋呼呼反对给董圈圈吃这些调味料多还不干净的肉。

"董全全的事情，董郝你……"

我"啪"一下将酒瓶重重砸在桌板上："腿哥，从今往后，不提董全全，我们就还是兄弟。"

"来来来，喝酒喝酒。"呆毛抓过我喝完的酒瓶，又给我开了一瓶新的。

大家的情绪都低沉得有点可怕，只有董圈圈自始至终处在亢奋状态，在桌下钻来钻去，尾巴快摇成直升机的螺旋桨。

自从上次减肥的事情之后，这家伙把每次吃肉的机会都当作了生命中最后一次吃肉的时刻。

那晚，也是我最后一次见到董圈圈，第二天一清早，没课的腿哥和呆毛就将董圈圈带走了。

♥7

我和董全全也没再联系。

我们俩还没开始便已经结束。以前我觉得男女之间吵架，删掉联系方式、将对方拉黑名单，是矫情女生才会干的事情，一个男生怎么能这么心胸狭隘。

但这些曾让我觉得不耻的事情，我现在一个不落全都做了。

我甚至将微博上我们两个的互动留言一个个找出来删了个干净。

才一年多，我竟然发了几千条微博。

单单遛一次董圈圈，我就将它咧着一张狗嘴在阳光下被董全全拽着奔跑的照片发了微博还上传刷屏了十多遍。

那个在明晃晃阳光下让我体温略高的女孩让我无法忘怀。

我没法再看董全全的照片，因为一看到她，我就想起董圈圈，而这都会让我控制不住想起董圈圈被送走的事情，一次次提醒自己的无能为力。

照片怎么删也删不完，还时不时跳出验证问题，一遍遍输入答案才让删除，我烦躁地合上电脑，换上球衣去操场打球。

除却日日夜夜和林菲腻歪在一起不在宿舍的腿哥，呆毛和小斌一看我要去打球，也跟着一起出来了。

大中午的，路面上蒸腾出来的热气让人有点无法呼吸。这个时间点，工学院操场上的人并没有很多，无法组队，小斌说去买水，也一时半会没有回来，呆毛在一边绑鞋带，我一个人开始运球。

我篮球打得并不是特别好，但我喜欢长时间跑动后流下的汗水、大太阳下运动后感觉自己略微中暑的眩晕。折返跑，冲刺跑，过度运动后有些抽搐的小腿，奔跑一天累到爬不上床的虚脱，我现在迫切需要这些，只有这些能够让我忘记董全全。

我觉得自己的汗滴到了眼睛里，又酸又涩。以前这个时候，董全全都会拿着毛巾和水冲上来。

“嘿，你的水。”

小斌拿着水在树荫下招呼我过去，白花花的太阳下我觉得我的影子都因为想念快要冒起了烟。

没了董全全和董圈圈，我又变回那个偶尔翘课、庸俗懒散、再正常不过的大学单身男生，晃到了大四。

毕业论文答辩一过，拍过毕业照，大学四年生活就要结束了。

腿哥竟然和林菲挨过了“毕业分手”的魔咒。

林菲早我们一届毕业，现在已经是一家外贸公司的高翻；腿哥为了他的爱情，已经拿到了所在城市的一家公司的offer，毕业后准备妇唱夫随；呆毛要回去帮他爸爸打理家里的小生意；小斌决定去上海闯闯。

我曾经幻想毕业后，和董全全一起去南边的小城市吹吹海风，过遛圈圈的生活，也只是想想而已。当年为了这趟旅程存下的恋爱基金还在，人却只剩下我一个了。

摄影师说“123”按下快门的时候，我觉得我应该是出现了幻觉，我看见了董圈圈，被抱在林菲怀里。

“菲菲姐，好久不见，越来越漂亮了。”呆毛迎上去，被董圈圈伸出的舌头舔了满脸的口水。

“那是当然，你有没有帮我好好盯紧窦窦，他有没有拈花惹草什么的？”林菲很受用地笑了，另一只手暗地里掐了腿哥一下。

腿哥夸张地喊着“女神大人饶命，小的知错了”，而圈圈趁他们一不留神，蹿出林菲的怀抱朝我奔了过来。

圈圈跟第一次见面一样，蹲坐一边，咬住我的裤腿，嘴里“呜咽”不停，尾巴却摇得欢快，扬起地上的阵阵灰尘。

早就说要换个生活委员了，租的学士服也太不透气了，我觉得我的眼睛快被蒸出了水汽。

“董郝……你别怪窦窦，是董全全不让我们告诉你的。这一年圈圈一直都养在董全全家，那天董全全也是被你伤了心，觉得你太不分青红皂白不信任她，赌气没再理你。而且在你面前，董全全的事，你也一字不让提……”

林菲有点忿忿，挽着腿哥的胳膊一股脑地说。

眼前的景色渐渐倒退，我开始狂奔，董圈圈早跑到了我前面，回过头吐着舌头等着我，没有哪一刻，我比现在更想立刻见到董全全。

尾声

没跑多远，董圈圈钻到一边的灌木丛不见了踪影，未及唤它，灌木丛另一边爆发出一群女生的惊呼声：“哪里来的狗狗，好可爱！”

我循声望去，董圈圈滚躺在地，露出肚皮，被左搂右抱摸来捏去，一脸享受。

这狗是不是成精了，我有点难以想象远离我的这段日子，圈圈到底是接受了什么教育会变成这副狗样，难道是解放天性？

“鸡贼的家伙，念在我不在的这段日子，是你代我一直陪着她，让你逍遥一会。”我转身去报亭买水，递给老板两块零钱。

“同学，还差一块。”

我瞅了瞅瓶身：“老板，这不是建议零售价两块吗？”

“哦，我不接受这个建议。”老板在一阵“要不起，不加倍”的斗地主语音声中，从电脑屏幕后缓缓抬起头。

“烤串店老板！”

“狗它爹！”

我尴尬地摸了摸头，没敢应声，不知道老板是跟我打招呼还是骂我，毕竟差的一块钱还捏在我手里。

“我还以为你毕业了呢。自从那次给你儿子送别，好长时间没见你来店里了。”烤串店老板未察觉我的尴尬，热情地跟我寒暄起来，“倒是和你一起的女孩子，后来经常来奶茶店，哦，对了，这报亭和隔壁的奶茶店平常是我老婆在打理。”

我狐疑地朝旁边探了探头，果真有家奶茶店。

店里的老板娘看见探头探脑的我，眯了眯眼想了会，朝我招手：“你就是全全说的那个年纪轻轻却得了直男癌的同学吧？”

“……老板，我先走了，这是刚刚差的一块水钱。”这老板娘和老板果然是一家人，两口子打招呼的方式都这么清新脱俗。

“等一下，昨天全全把她的笔记本落在我这里了，她每天差不多这个时间过来，但是今天还没看见人影，刚好你来了，就帮我带给她吧。”老板娘见我要走，从身后掏出本记事本递到我手里。

未等我吱声，她又快言快语说道：“周末忙不过来的时候，全全来做过一段时间的兼职，所以听她说过你的事情。”

拿过本子，想到老板娘同我照面时脱口而出的“直男癌”，甭问董全全说我什么事了，反正不是什么好事。

在老板娘“祝你早日康复”的迷之关切里，刚刚狂奔的劲头被兜面浇了一盆凉水，泄了气。若是刚才还在紧张见到董全全不知道该说什么好，现在才发觉她愿不愿意见我都很难说。

回到董圈圈钻走的灌木丛旁，别说狗影了，连人影都没见着一个，仿佛方才发生的一切都只是我的幻觉。

当初那场对董全全不分青红皂白的责难、赌气、陷入不明所以的悲伤，说到底只是我想要保护董圈圈却对自己无能为力的迁怒和发泄。

“董圈圈！董圈圈！”

近乎咆哮般我开始四处呼唤寻找圈圈，这一次我不会再让它走出我的生命。

脚底一个趔趄，手里董全全的记事本没拿稳，掉落在地，散落出几张照片。我俯身捡起，竟然都是我和董圈圈那只蠢狗的合照，虽然董圈圈不是糊了脸，就是一张狗脸抢了大半个镜头。

我完全不知道董全全什么时候拍了这些照片，翻过照片，每张照片背面都留有董全全工整的字迹：

“6 月 18 日 / 晴 董郝和董圈圈抢一根冰棍，董圈圈抢输了，狗脸生无可恋，我觉得董郝幼稚得有点可爱。”

“6 月 25 日 / 阴 胆小鬼董圈圈遭遇狗生最大滑铁卢，被校园里的野猫吓得钻到董郝身后不敢出来，受到董郝的无情嘲笑。”

“7 月 3 日 / 热 董郝给我带了冰抹茶拿铁，我记得第一次见面他也给我带了这个。”

“7 月 15 日 / 闷热 马上要放暑假了，董郝为了照顾董圈圈不准备回家，我得为他们俩多准备点干粮。”

“8 月 7 日……”

“董同学，你的狗丢了。”身后响起让我日思夜想的声音。

我转过头，董全全牵着套上牵引绳的董圈圈，笑盈盈地望着我。

一边的董圈圈竖直耳朵盯着我，表情严肃，尾巴却摇成螺旋桨。

太阳有些刺眼，我原想伸手遮一下阳光，却捂住眼睛没法放下，这学士服的钱断然不能省，眼睛生生被蒸出了水汽。

别看我只是一只羊

文 / 颜 先 先

一直在想，什么样的宠物才能彰显我的与众不同。我曾设想过无数种可能，但我没想到会是一只羊，一只大号的羊。

那时我叼着冰棍在小摊前挑挑拣拣，踩着一双豪放不羁的木屐，脑子里构思着几个月后的论文。我着实不知糕糕看上了我哪一点，突然间衣角被它咬住。我诧异地低头紧盯着那片被羊的口水浸湿的衣角，冰棍应声落地。我有洁癖啊喂！有话好好说，能不能先把嘴张开啊？

正在僵持中，有个围着围裙的中年男人跑过来不好意思地道歉，要把那只咬我衣角的羊牵走，我看了看男人围裙上的字：全羊宴。那是我生平第一次同情心泛滥，拿一把钞票换了一只羊。

牵着它回家的时候我为它取名糕糕。进门时糕糕还很是安静地站在一旁，用那双湿漉漉的眼睛好奇地打量着我的猪窝。我摸摸糕糕的头，它很配合并不反抗。随后糕糕很是乖巧配合地被我清理得干干净净的，我拿一把小梳子梳理着糕糕那一身白毛的时候，它惬意地眯起眼睛，随后四脚一蜷，慢慢躺下后又惬意地伸开了四蹄。

自此，糕糕与我一同成了宅在家里的生物。不同的是，我是宅女，而它，是宅羊。糕糕有时会看着我趴在电脑前敲键盘，我敲打论文的时候觉得腿边有热气喷出，低头看必定是它睁着一双天真无邪的眼睛在看我。我总会恶趣味地揉揉糕糕的小脸，关掉电脑，然后拉着它外出散步。

久而久之，我不会再觉得自己是一个人，也不会害怕黑夜中会有什么莫须有的可怕生物。有糕糕陪在身边，以前时不时冒出的孤独感终于逐渐消失。

可好景不长，我以为糕糕会一直这样乖巧下去，然而正相反。有一个词语叫做原形毕露，说的正是糕糕这种。

在我与糕糕的革命友谊深厚了许多后，这丫的就开始撒蹄子在家中蹦蹦跳跳，活像马戏团的杂耍猴子。更气人的是糕糕的食物不再限于我给它特意准备的东西，它变得什么都吃：曲奇饼干一口嚼，看到冰箱里从菜市场买回来的青菜眼睛放光，乐颠颠地跑过去啃得只剩个杆……

除此之外，糕糕开始随地大小便。以往糕糕总会在外出散步的时候解决，可现在变得格外随意。一向死宅的我每日里外出散步的频率变得高了不少，跟邻居碰面的机会也多了，几乎所有人都知道我养了一只羊祖宗……

因为从来不是我遛羊，而是羊遛我。

有时候我会想，为什么糕糕当初会选择咬我的衣角？难道是因为我长得格外和善？事实证明，我的推测完全错误。糕糕何止是咬衣角？我随手丢在一边的小背心几乎被这货嚼成了一坨粑粑，被糊了一嘴的口水。

拿起鸡毛掸子欲狠狠抽它丫的，奈何对上那一双大大的眼睛，我的手竟有些发软。

看什么看，打你有意见？

你打一个试试啊，下次你连菜杆子都吃不上！糕糕的眼睛睁得出奇的大。

哟呵，大不了老子吃泡面！我瞪大了眼恶狠狠地盯。

糕糕鼻子里喷出一股热气，转过了头。我仿佛能看见它嘲笑我的小眼神，在笑话我眼睛比它的小……

最终，我还是偃旗息鼓。

慢慢地，我的生活开始发生天翻地覆的变化，面对糕糕的时候也会不由自主地尊称一声“羊兄”。

羊兄很好养活，除了肉以外，什么都吃。包括应该进我肚子里的菜叶、饼干，包括那吞不下去的小背心，还包括……我的论文。

我盯着论文的残边破角不可置信。

那晚我疯了似的拽着糕糕的两只大羊角在屋子里鬼哭狼嚎，糕糕咩咩地叫着大声回应。气急的我指着糕糕那喷着热气的鼻孔大叫，你知不知道我这论文写了半个月啊，你知不知道我这论文没有备份啊，魂淡！

我脾气一直不算太好但一向奉行知错就改的原则。事后，我很诚心地给糕糕道歉。奈何糕糕窝在沙发上根本就不理我，冲着我喷了一口浊气后便闭目养神。我想，糕糕的脾气应当比我的还大。但总归是我做得不对，便一直尽心尽力地讨好糕糕，期盼它能消气。

事情一直没有进展，直到那天我一如既往地牵着糕糕外出散步，正巧碰上一老同学遛狗。

同学家的狗过分的活泼，它不咬人却偏爱扑人，你若是躲它，它还乐颠颠地追你。这狗站起身来几乎到我肩膀，第一次见它时，它毫不留情往我身上扑，衣服上留下一串串的狗爪子印。因此每次看到那只狗我总会内心呼啸，撒腿就跑。

这次也不例外。我跑得气喘吁吁，回头看那狗还在乐此不疲地追，而我家糕糕正在一旁冷眼旁观。我本想跑到糕糕身边牵起它逃之夭夭，可万万没想到令人惊讶的一幕出现了。

我刚到糕糕面前，糕糕便绕过我对上了那条追上来的狗。只见糕糕两条前腿那么一抬一蜷，羊角一亮，动作极为潇洒地朝狗一扑，那狗哀嚎一声便灰溜溜地跑到了我同学身后，且露出敢怒不敢言的模样。

老同学说我养了个保镖，我颇为得意地拍了拍糕糕的头，牵着它回家了。然而，糕糕还是对我爱搭不理，我双手捧着它的小羊脸含情脉脉，它却气哄哄地将头扭去一边……

直到我拿出那张毛爷爷，红彤彤的一张放在糕糕面前。

我诧异了！

糕糕竟然用鼻子嗅了嗅，随后喷着热气把毛爷爷给嚼了……糕糕威武！您可知那一张毛爷爷能买多少菜杆子、菜叶子吗？

不过，人民币果然是有效的。

糕糕自那日后便对我和颜悦色。我若是被它气得抓狂，它便会撂起前蹄儿、亮出羊角，扑我身上，异常的飞扬跋扈。

不过，我很欢喜。

毕竟糕糕还是很好相处的，万事只要一张毛爷爷即可。

我不知道糕糕的年纪，但看糕糕这副发育健全的体格，估计也算是一只半老徐羊了，肯定比我这小青年更显老（糕糕：啥？！），不，更有智慧！（糕糕：这还差不多。）

有时候我在想，糕糕老是看着我会不会很无聊？

我整理着论文，看着闭目养神的糕糕，贼搓搓地想着改天一定再去外面领一只羊给糕糕配个对，到时候它再生气便让它对象来哄，岂不是事半功倍？

我是一只小小鼠

文 / 韩 八 荒

我和黑炭初次见面的地方，是在回公司的地下通道。

由于下雨的缘故，我去地下通道避雨，正好有一个卖仓鼠的老爷爷也一同避雨。

外面的雨声滴答得我心烦，这时笼子里几只白色的毛球引起了我的注意。笼子内用碎木屑铺成小床，旁边放着一个盛清水的碟子，还有若干食物碎屑散在一旁。

两只毛球大概是吃饱了，葛优躺般摊在小床边，腹部雪白，背后的毛发略带黄色。一旁供它们减肥锻炼的笼子被遗忘在一旁，小家伙睡觉的模样很是惬意。

我伸手去戳了一下毛球。

装死不动。

我又戳了一下它。

懒洋洋地睁开眼，丢给我一个“你好烦”的眼神，晃悠悠爬到另一边，接着睡觉。

我：？？？

摊主爷爷笑眯眯地给我介绍，这种仓鼠学名叫“老婆婆”，因为繁殖率和存活率都较低，所以是仓鼠品种里最贵的一种……

我瞟了它一眼，心里默默吐槽。

五分钟后，我带着黑炭回家了。

我独居，家里除了我以外终年没有活物的气息，有个小家伙陪着，赶稿间隙或者下班回来，会觉得有“人”等着自己，心里多了一丝期待。不同于猫狗，仓鼠的生活空间比较小，也方便我打理。我常看到家里有宠物猫狗会趁主人不在家的时候，将家具或者衣物咬坏，并且它们还需要时常上网购买宠物专用饲料。

实话是，因为穷，才促成了我和黑炭的缘分。

带走黑炭的时候，老爷爷问我是买一对还是一只，我想了想如果买一对，家里就只剩我一只单身狗了，不妥。最后我还带走了那只跑轮，反正我在减肥，它也不许偷懒。

而叫它黑炭，纯属我的恶趣味。

黑炭来我家以后，花了很长时间才适应新的生活。

最开始，黑炭一听到什么风吹草动，立刻进入戒备状态。如果是睡觉，则警惕地翻身，然后钻到看不到的角落躲起来；如果是觅食，会抱着食物一动不动，双耳聆听周围的动静。

不过慢慢和它混熟了，它也会放下戒心，和我打成一片。

每天下班回家，就到了黑炭出来放风的时间。

黑炭适应了新环境后，对我越来越不客气。有几次我正在赶稿子，出笼放风的黑炭贼眉鼠眼地爬过来，先是挠挠我的手指，瞅瞅我在键盘上上下翻飞的双手，然后趁我不注意，一屁股坐在键盘上，要么文章出现无规则的乱码，要么撤回键被坐得噼里啪啦响。

结局只有一个，被我抓着爪子倒提丢进笼子。

黑炭的生活里，吃和睡占据了绝大部分的时间。起初我按照百度上所说，对它的饮食要求之高犹如对待正在减肥的自己，少油少脂，主食是糙米和蔬菜，加工类食品一律杜绝，并且饭后必须在跑轮上跑上十分钟。

事实证明，我太高估了黑炭的意志力。

蔬菜？

放着吧，我考虑下。

玉米片？

闻一闻，凑合吧。

饼干？

勉强接受吧。

瓜子坚果？

立马撒着丫子跑到你面前狂啃，拽都拽不动。

连续两个星期给黑炭喂了坚果和瓜子之后，黑炭的体积大了一圈，要不是我知道这厮每天吃吃睡睡，看着它肚腩上的一坨我几乎怀疑是哪只鼠中豪杰让它怀孕了。

没办法，强制减肥。

黑炭在饮食和运动都被控制以后，郁郁寡欢了一段时间。不过当我在它跑完步拿出两颗洽洽瓜子后，它立马屁颠屁颠地挪过来，又是一顿狂啃。

骨气呢？

仓鼠的颜面都给你丢光了！

某天晚上，我安抚好黑炭后，忘记给它关上笼子，结果第二天起来，发现小家伙不知道溜哪去了，我几乎翻遍了家里大大小小的角落，也没有看到它的影子。

那两天上班，我心里总有些空落落的。担心它这么挑食，会不会饿着；担心它会不会早就逃出了屋子，被陌生人捡去……黑炭不在，我越发怀念起它萌蠢的样子，看到喜欢吃的东西熊抱不肯撒手的样子，吃饱后懒散躺在床上的样子，兴奋了在笼子里打洞不肯歇息的样子，或者在我写稿的时候蹭到我手指的样子……

我还没煽情完，就看到消失了两天的黑炭抱着我前一天吃剩的零食正在“哼哧哼哧”！完全不顾及我一脸还哭丧着的表情！

良心呢？！

后来，因为搬家，黑炭被暂时安置给老爸老妈养。

小的时候爸妈不喜欢我养宠物，因为易脏易乱，当时我爸的原话是：家里只能养一只畜生，有你没它，有它没你！

我很不争气地妥协了：养我就行。

所以刚开始将黑炭带回家给我妈，我的内心是犹豫的，是忐忑的，是惴惴不安的。

果然，我给我妈交代注意事项的时候，什么蔬菜不能喂带水的不然容易拉肚子啦，什么不要喂加工过的食物给它吃不好消化啦，也不要喂高脂肪的例如坚果松子不然他体重会超标啦，我爸全程虎着脸，估计在那生闷气，但又拉不下面子和我吵架。我最担心的事是笼子里因为怕生不断扭曲着自己身体的黑炭，浑然不知现在的处境，随时会触发老爸的怒气被扫地出门。

开始的一个星期，我每天都要给老妈打电话询问黑炭的情况。

不过好在，大概是家里曾有我的气息，或者因为慢慢长大，它的胆子大了很多，吃东西一直没有让我妈操太多心。

周末回家的时候，我去逗黑炭，老妈在一旁给我讲黑炭的趣事，喜欢到处钻洞最近迷上了老爸的洞洞鞋，一次酒足饭饱后还把老爸养的文竹给啃死了……我一边听，一边提心吊胆去看老爸的表情，虽然老爸的脸有点愠色，但听老妈娓娓道来的时候，又多了一分……宠溺又无奈的表情？

我放下心来。

万万没想到，再过两个星期回家回家的时候，正好看到老爸拿着一根枝条逗黑炭，嘴里还念念有词：嘿，看这里，吃叶子吃叶子，诶，你还挑食……

我满脸黑线：爹，黑炭是只仓鼠，不是熊猫，你喂它树叶，它能不挑食吗？！

再一看桌子上，哟呵，老爹居然为黑炭买了滑滑梯、秋千、跷跷板！还有专门钻洞洞用的地鼠机，还有木板模型的复式豪华大别墅？！

我相信，受制于仓鼠的体型，不然我爹绝对会给黑炭拴个绳子去小区遛遛，碰到小区散步的邻居，骄傲招呼道：刘婶，这是我宝贝儿子，黑炭，今年五个月大呢！能吃能喝能睡，老精神了！

爹，您回头看一眼我好吗？

我才是您亲生的啊！

其实，照顾黑炭是件很细致的事情，例如定期换浴沙、定期清洗笼子，还要每天放它出笼子散步，并且要监督它的饮食和体型，冬天不能冻着夏天不能热着。

遇到黑炭以前，我自己的生活就过得一团糟，每天例行为它换水换食，虽然偶尔抱怨，但也怡然自得。

和黑炭一起相处的过程中，日子好像没有那么躁动了，看它每天无忧无虑地吃住爬行，我也渐渐开始审视起自己的生活，黑炭都能这么元气满满地活着，我为什么不能呢？和它对视的时候，看它不知忧愁的漆黑眸子，只知道吃吃吃的小牙齿，越来越圆乎乎的肚子，还有柔顺的毛发，我突然发现，这样简简单单多好。

而那些不起眼的，却在一瞬间能让人觉得幸福的小确幸，也越来越多地被我看在了眼里。

仓鼠的生命很短，比起人类生命的几十年，它的到来只能算是人类世界里一段毫不起眼的陪伴。但是呀，我还是想着，我的黑炭能在我的照顾下，有个短暂却快乐的一生。

像长不大的孩子，多好。

我和我的猫

文／羲和清零

从小对毛茸茸的小动物没有抵抗力，小时候家里也陆续养过几条狗，从小土狗到德牧，给我的童年时代留下过格外温暖的回忆。

一直以为狗才是我最喜欢的动物，它们忠诚、热情，对主人不离不弃，直到五年前，我收到了一只猫。

是的，它是被当做“生日礼物”送来的，因为对宠物没抵抗力，朋友送来时便欣然接受了。

那是一只纯正的美国短毛猫，学名银斑虎，浑身长着类似孟加拉白虎的斑纹，肚子是白的，四只肉爪垫儿翻过来全是黑的，才三个月大，却与外头成年的野猫同样个头，身上的皮毛光滑柔软，叫人爱不释手。

我给我的猫起了个透着浓浓中二风的名字，叫Prince。

后来母上大人来看我，得知我养了一只猫，喋喋不休地数落了我许久，说的无非是“掉毛”“脏”“有寄生虫”等可能给我造成麻烦的种种理由。

但我态度坚决，在经历了一番拉锯战后，母上大人默默地接受了这个现实。然而，她却在接受现实后，自作主张地给我的猫起了个小名叫“黑宝”，因为原来的英文名她根本不会念。

我念着“黑宝”“黑宝”，似乎也觉得挺顺口，于是，我的猫在一夜之间从高大上的“王子殿下”成了一只土里土气的家猫。

说实话，黑宝是一只非常漂亮的猫，很多来访的朋友都说它长得周正，尤其是精神抖擞的时候，竖着一对虎虎生威的立耳，两只眼睛睁得浑圆，帅气地让人想喷鼻血。

最萌的还是它睡觉的模样，几分钟换个姿势，伸着懒腰的，翻着肚皮的，用前爪抱着脑袋捂着脸的……每一个画面都能把我萌得血槽清空。

犹记得第一次看它睡觉时，我举着一只手机拍拍拍，短短十几分钟，拍了数十张照片，心都化成水了。

只可惜，黑宝相当傲娇，清醒的情况下从不让人抱着超过十秒，在那之前我还傻傻地以为猫和狗一样会乖乖地任人抱呢，显然我是想多了。

后来明白了，也有很温顺的、任主人抚摸蹂躏的猫儿，但那统称为“别人家的猫”。

我的猫不亲人，但这并不阻挡我爱它。

自从领养它后，我上网翻遍了所有的养猫经验贴，换过数十种猫粮和猫砂，定期带它去打预防针、剪指甲，每周给它洗澡，隔三岔五地投喂新鲜猫罐头……短短几个月，从一个完全不知道如何养猫的门外汉进化成一个合格的铲屎官，并踏上了终生猫奴的道路。

晚上睡觉的时候，黑宝偶尔也会跳到我床上来，趴在我身边或者我身上。

每当这个时候，我就像一个被帝王宠幸的妃子一样，激动得手足无措。或者有时候早上醒来，睁开眼睛发现它躺在我身边，睡得翻出肚皮，浑身软绵绵，一颗心都能叫它萌化了。

猫儿似乎有种软化人心的力量。

以前我是个急性子的人，很容易冲动，也很容易生气。

刚养黑宝的时候，每天半夜我都会被它抓箱子的声音吵醒，刺啦刺啦，恼人得很。

听说一个猫友遇到类似的事是直接把猫揍一顿，丢到客厅去，不让它再进卧室。

但我狠不下心，虽然每次被吵醒的时候也恨不得想掐死这小畜生，可是一看到它的样子，就舍不得打。

它那么小，智商可能连人类的三岁都打不到，也没有足够的力量与人类抗衡，虽然调皮，但并非有心，我若打它，便是以大欺小。

于是无奈地忍了，像是教育小孩一样心平气和地教他不要抓箱子，一遍又一遍。

不知道什么时候开始，它真的不再抓箱子了，我不知道是它听懂了还是腻烦了抓箱子的游戏，当然，我也给它买了其它磨爪子的道具。

我仍然愿意去相信，是万物皆有灵性。

而且，我的脾气和忍耐力也在这小坏蛋的调教下变得越来越好了。

黑宝也很少叫，以前见过别人家的猫，开心不开心，都会“喵呜喵呜”叫两声，可是黑宝似乎天生适合演霸道总裁，惜“喵”如金。

只有在被人狠狠抱在怀里，觉得不舒服的时候，才会“咕噜”一声，或是在我出差回来后，隔着门呼唤我：“奴才，你终于回来了！”

养黑宝七八个月时，经历了一场让我崩溃的事件。

那段时间，我工作繁忙，经常出差，一出门就是四五天，我拜托了邻居的好心阿婆帮我来给黑宝喂食铲屎。有一次出差回来，浑身疲惫地开了门，却见屋内一片狼藉，还有一股让人难以忍受的猫尿味。

邻居阿婆向我告状，说黑宝半夜嚎叫，抓挠家具、床单，四处撒尿做标记……

我上网一查，才反应过来，这小东西发情了！

可我那么忙，一时半会儿也找不到纯种的美短母猫来给它交配，于是心中一横，便把它拎去宠物店割了蛋蛋。

在之后的日子里，我无数次怀念起它可爱的毛蛋蛋，那原本是我最喜欢的部位。

我觉得自己是罪恶的，我剥夺了它身为一个雄性的本能。

自此，黑宝从一只霸气十足的性格暴躁的小公猫，逐渐变成了一只温顺天真的太监猫。

好吧，也许并没有太明显的区别，只是我自己心怀愧疚。

它还是那么傲娇，还是不亲人，只有在需要食物的时候会过来蹭蹭我。

不过被阉割后，之前乱撒尿、胡乱抓挠的恶习通通没了，它似乎化某种欲望为食欲，变得更能吃了。

有一年我出长差，把黑宝带回老家让母上大人照顾了一个月。

老家是两层的别墅，能让它楼上楼下撒欢跑，一个月后回去，它浑身的肥膘不见了，变成了一身结实的腱子肉。

而且神气的是，它和母上大人非常亲近，我养了它一年，叫它名字它

鸟都不鸟我，可母上大人只养了它一个月，一叫“黑宝”它就跟狗似的窜到母上大人身边来。

我惊讶地问母上大人什么原因，她说我是太宠黑宝了，把它养成了“白眼狼”。

宠物就像小孩，犯了错要做规矩，做得好了要赏粮，母上大人熟谙胡萝卜和大棒相结合的调教方法，在短短一个月内把这喵星人教育成了汪星人，简直让我叹为观止。

我之后想效仿母上大人的方法，无奈那小畜生根本不怕我，怎么恐吓威胁都不把我当回事，遂作罢。

我便做个慈母吧，败儿就败儿，它都是太监了，也活不过我半辈子的岁数，我还能指望什么？既然是宠物，宠着一辈子也蛮好。

三年间，黑宝陪着我搬了三次家，直到我有了属于自己的房子，它也有了它爸。

庆幸它爸同样宠它，我忙的时候，它爸喂食铲屎比我还积极，他还曾研究各种高级投食器、猫厕所、奢侈爬架等，替“儿子”改善各种生活条件与硬件设施。

它爸有洁癖，还有点儿鼻炎，就是受不了它掉毛，于是一到夏天，我们就会合力把它剃成一只秃子。

变秃子也不影响黑宝的帅气，反而，剃掉黑色的花纹后，它浑身上下只留下白色的底毛，反而显得更加清秀了。

去年起，我逐渐把工作重心转移到写作上，开始长时间待在家里，也与黑宝有了更多相处相伴的时间。

这时，我才慢慢发现，我的猫并非不亲人，反之，它还非常粘我。

我写作的时候，它会睡在距离我写字台最近的地方；我午睡的时候，它会跟着我到卧室，陪我睡觉；我若出门，它必定会蹲在门口迎接我……

它看似傲娇，对人爱答不理，却如同一个安静高冷的美男纸（现在已经变成美大叔），默默地陪伴在我身边。

如今养猫已有五年，按人类的年纪，黑宝已经三十岁了，比我都大了。

猫的寿命仅大约有十二到十七年，幸运的话，它还能再陪我十年。

愿它在我的庇护与照顾下，在我为它营造的世界里，无病无疾、无灾无难、无忧无虑地度过它的猫生。

关于哈尼的二三事

文/薄暮冰轮

首先申明，我养的可能不是一只猫，而是一只披着猫毛的小天使。

在决定养猫之前，我做过很多设想，例如等我买了带海景的房子，在墙壁上安装供猫上下跳跃的木板和楼梯，在墙上、门上留若干猫门，墙角一定要有猫爬架和猫抓板……总之，我会准备好一切，然后恭恭敬敬地迎接一只猫来到我的新家，与我作伴。

然而就像每一个“爱情故事”一样，缘分并不会在你准备好一切的时候到来。

这天，一位上海的朋友问我：“你不是说要养猫吗？我朋友家的猫生了四只小猫，现在养到一岁了，有的已经做了绝育，最近打算送走，你要吗？”

我环顾四周：旧房子、老装修、没有海景、没有猫门，更别说符合猫咪生活习惯的装修。

我觉得我得再考虑一下。

然而朋友给了我一张猫的照片。

“等我这周买齐必需品，下周我就来上海接猫。”我说。

就这样，我猝不及防地成了“有猫阶级”。

朋友说：“不，新任铲屎官，我觉得你只是飞快地给自己找了一个主子。”

我的爱猫叫哈尼，猫如其名，是只甜心小天使。相比起它“刚烈”的兄弟（姐妹），哈尼真是十分认命。它的兄弟（姐妹）被送到了领养家庭后，好几天不吃不喝不拉，最后只好送回了主人家。而在我把哈尼接回来的路上，它全程表现得十分认命，只在被塞猫包的时候委屈地喵呜了两声，在发现抗议无效后它就迅速认命了。

最好玩的是在哈尼快到家的时候，它突然在猫包里叫了两声，十分焦虑的样子，我有点疑惑：一路上它不是很安静吗？为什么突然叫了起来？这个问题在我回家后得到了解答——哈尼，它憋不住，在猫包里尿了……毁了我的一件大衣，可是它也很委屈啊，完全没办法责怪它呀。

哈尼那个时候一定很郁闷：我能怎么办啊？没有厕所被迫就地解决，我也很绝望啊！

是的主子，是这个新手铲屎官的错。

刚来我家的时候，哈尼有个外号，叫哈尼喵特（取意哈利波特），因为那个时候它瘦瘦的，疯狂迷恋着床底墙缝沙发底下等犄角旮旯，并且对碗橱和衣橱有着难以描述的执着，一见到人就恨不得钻进去躲起来。

它拒绝和我玩逗猫棒，不在我面前吃东西，在我趴到床下观察它的时候露出一副委屈巴巴的样子，仿佛我是它的佩妮姨妈。然而一周之后，这只哈尼喵特终于敢在晚上的时候出来了，爬到我的床上蹭我的手，让我受宠若惊，两周之后敢在白天跳到我的写字台上，在我的键盘上疯狂“跳舞”，两个月后，它已经敢上梁揭瓦，俨然是这个家庭的主人了……

哈尼非常聪明，至今除了路上憋不住的那一泡尿之后，没有在猫砂盆之外的地方解决过生理问题，不乱抓沙发，不疯狂搞事，最重要的一点……它特别会撒娇。

它嗲到什么程度呢，每天回家我一开门，它就咚的一声从床上下来，兴冲冲地跑到房间门口看着我，偶尔会喵地叫上一声，然后就地一躺，开

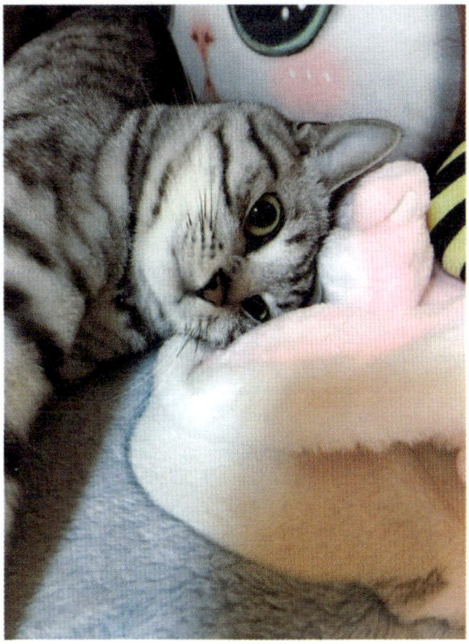

始碰瓷，要求我摸它，如果我蹲下来摸，它还会爬起来闻闻我的嘴。

晚上上厕所的时候，它一定要跟着我到洗手间，不关门的话就用前爪搭住我的膝盖站起来看着我——不伸爪，然而让一个坐在马桶上的铲屎官十分尴尬。关了门的话它就蹲在门外，密切监视着它那在厕所里的铲屎官，生怕我被冲进下水道再也不能给它铲屎喂饭。

路过的时候哈尼会在我面前躺下，拦住我的去路，讨摸摸；想唤起我的注意的时候，就会嗲嗲地喵喵叫；如果我躺在床上看书玩手机，哈尼就会走过来，用脑袋顶顶我的手，以及手机……真是一只心机嗲猫。

我也思考过，为什么我的猫会这么嗲，经过和养猫好友们的一番讨论，我们一致认为——这和猫的童年有关系。

哈尼的童年和青少年时期是在它的原主人家度过的。因为空间有限，一室一厅里住着哈尼和它的兄弟姐妹，以及它的长辈，一共六只猫。哈尼身为一只绝育了的小公猫，身板还不如兄弟姐妹们结实，五斤多的小身板天天抱着妹妹睡衣橱，所以至今对我的衣橱充满了兴趣，不断尝试突破……

原主人十分宠爱哈尼，并且把它教养得很好，接走的时候再三强调如果不喜欢，一定要把它送回来。然而像哈尼这样玩闹不伸爪，沙发不乱抓，花瓶不碰翻，还特别会撒娇的甜心小天使，有谁会不喜欢它呢?

一只能在六只猫中杀出重围，博得主人欢心的猫，一定是一只有着丰富宅斗经验和十级宅斗技能的心机猫，特别会撒娇的那种。

虽然现在它开始频繁搞事情——钻衣橱帮我“挑选衣服”（全是猫毛），在桌子上帮我“品尝饭菜”（被我轰走），在沙发上帮我“捕捉老鼠”（坦然地留下了几个白点爪印），在键盘上帮我“码字聊天”（全是乱码），还一言不合就喵喵喵地和我吵架。

不过这没有改变它是个爱撒娇的小天使的事实。这只名叫哈尼的猫咪把我迷得神魂颠倒，天天在微博上发猫片，撸猫毛，聚众吸猫，引起“民愤”。

我想，我应该写一千零一个关于猫的故事送给我的哈尼。

希望它健康快乐地度过它的猫生。

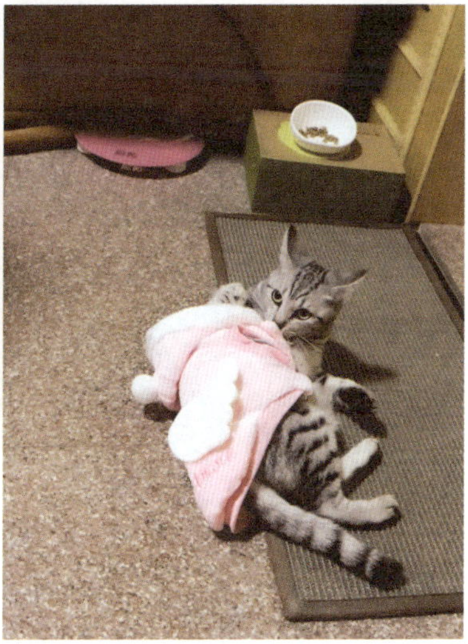

关于喵喵

文 / 裟椤双树

从去年开始，我家有了一只猫。

因为它刚来的时候总发出咩咩的声音，所以它被命名为咩咩。

由于之前十几年家里都是养的狗狗，分辨幼年喵星人性别的技能不够扎实，所以我们一直以为它是女生，养了快一年，才发现它不是咩姑娘，是咩先生……

它自小热爱运动，每天频繁进行跨栏、投掷、百米速跑等项目，稍微长了几颗牙后，又走上了跟我进行拳击比赛的热血之路。没错，它打不过就要动口的！

它经常出现在我的微博上，被无数不了解它真面目的萝莉正太们追捧。

其实，我们家从没想过，有一天会养一只猫，这完全是命运里的一场意外。

在它出现之前，我家养了十三年的汪星人。两年前豆豆因病离开之后，全家达成协议，以后再不养宠物。

我爹的原话是：猫猫狗狗再长寿，也只有十来年的命，真到了那最后一天，实在伤不起那个心。

对于喵星人，我很小的时候养过一只熊猫色的喵，大概在我家大半年，有天晚上我娘回家，开门没留心，这家伙就离家出走了。害我伤心了一个多星期，哪怕它曾经一爪子拍我脸上……

去年五月，我正在赶稿，我娘电我——

“我跟你爸看到一只小猫，丁点儿大。风又大，又要下雨了，你爸说造孽得很，想把它捡回来。征求你的意见。”

“哦。那就带回来嘛。”

就是这样，几个钟头之后，我在我家门口看到了这只被我娘用一张报纸就给夹回来的小东西。第一感觉，毛好长，第二感觉，好脏，第三感觉，好虚弱。

根据爹妈的描述，当天他们去某街边公园里散步，就看到这个形单影只的小东西在那里走来走去。

起初他们以为它是一个年轻姑娘带来的小猫，因为它咩咩叫着一路跟着她走，小姑娘停下来，问它是不是饿了嘛，然后掏个巧克力给它吃，它当然不吃，姑娘就走了。

又来了一对婆孙，孩子很喜欢它，一个劲儿说想带它回去养，但老太太说“脏！而且你养不活的。走走走！”于是他们也走了。

然后就是一个穿警服的小哥，也许是在附近执行任务回来，小猫又跟着他走，小哥对脏兮兮的它没有表示出厌恶，还掏出手机给它拍了个照，可惜，警方能帮人找父母，却没法帮猫找爹妈。拍完照片，小哥也走了。

这天天气特别坏，虽然五月，气温却低，天黑风大，眼看就要下大雨。公园里的人也越来越少。小猫一直想跟人回家，还在走来走去，可是没人要收留它。

可能走累了有点渴，它就去舔地上积下的脏水，又走到一个亭子里，一个大叔脱了拖鞋在亭子里打盹，它就钻到人家拖鞋里去休息了……

爹妈一直在犹豫。

最后，都要走出公园了，最终还是又折回去了。

我娘的原话是“那么冷的天，它又那么小一坨，看起来简直造孽兮了！（造孽在四川话里可作形容词，意为非常可怜。）”

于是，它就到我家了。

记得那天我爹煮了个鸡蛋，拿蛋黄喂它，它不吃，眼睛半眯着，很虚弱的样子。我爹就说：坏了坏了肯定养不活了！

因为根据我们养宠物的经验来说，猫猫狗狗不论生了什么病，状态有多不好，但只要还能吃东西，就有救回来的可能。但如果不主动吃东西，情况就很坏了。

没办法，只能把它放鞋盒里，先让它休息休息再说。

结果这家伙就睡着了。

醒了之后，我爹又给它拿了个煮鸭肝，意外的是，这家伙抱着鸭肝就开始啃，牙都没长齐，啃得那叫一个欢脱……

我爹喜笑颜开：活了活了！这下能活了。

过了会儿，它在阳台上拉了一滩粑粑，里头都是没消化的野草之类的乱七八糟的东西。估计在外流浪的这些时候，它能吃的也只有这些了。

那是它唯一一次乱拉粑粑的经历，那天之后它就自己跑到厕所里大小便，我们比较奇怪的是，也没人教它厕所在哪儿，真是自觉……

之后的事就不用多说了，无人理会的街边小弃猫，变成了横行霸道的咩咩大人，经常看我新浪围脖的一定对它的种种恶行相当熟悉。我就不多说了。反正，坏得流脓！！前几天开了水龙头不说，之前还学会了开储物柜，把里头的卷纸啥的都给扔出来，然后自己蹲进去……

好多童鞋经常说，啊，喵喵好可爱啊，我也好想养猫！！狗狗好萌啊，我也好想养狗！！

事实上，我们在要不要收养咩咩这件事上犹豫过，我家的规矩是，要么不养，要养就得养到底，虽然只是猫，但远不是每天给几碗饭就行了，多一只猫，生活里就会多出很多事。三餐不算啥，清洁才是个大问题。咩咩刚来时，身上全是跳蚤，它当时又那么小，我没敢给它用驱虫药，于是那段时间我跟我爹就每天都手动给它捉，天天捉，起码坚持了两个月。家里每天都要用消毒水清洁地面，它的猫窝里的东西我娘要频繁清洗。等它大一些了，就买了猫用的驱虫滴剂给它用，还买了治疗并预防耳螨的药给它擦耳朵，除了体外驱虫，还要准备体内驱虫的药丸，到现在，咩咩基本上已经清洁溜溜了。作为家养猫，为预防毛球症，我还给它种猫草，我爹给它备饭的时候就把猫草剪成小段给它拌在猫粮里。万一遇到这个疯子把自己玩坏了，比如眼睛莫名其妙受伤了，还得每天按时给它滴眼药水，要是遇到它生病没精神没胃口，还得 24 小时关注它的状况，等等等等，各种繁琐。

所以就是这样，养一只猫，健康卫生地养它，远比你想象的麻烦。但又必须这样做，既然养了，就得好好养它不是。

因此我经常提醒别人，不要觉得猫猫狗狗可爱就头脑发热，连自己有没有养它的条件跟耐心都没想清楚，甚至连自己有没有一颗不离不弃把它养到底的心都没搞清楚，就把它们带回去。很快你们就会发现，它们除了可爱的一面之外，它们会长大，从萌萌的小毛球变成大家伙，有自己的脾气跟习惯，每天都要吃喝拉撒，它们可能会不听你指挥到处便便，可能会抓烂你家的沙发家具，可能会生这个病那个病，可能跟你玩的时候没轻没重伤到你，如果不能面对这些，很大可能就是在耐心耗尽时，它们就被放弃了。

现在，街头之所有会有那么多流浪猫狗，多数都是不负责的主人造成的。

SO，养宠物之前，慎重，慎重。要么不养，养了就好好对它。养了又扔掉的行为，比什么都坏。因为对这些猫猫狗狗而言，你就是它们的全世界。

我是个偏爱小动物的人，这一点在我写的很多故事里都有体现，所以，咩咩能赶上它主人的十周年纪念，也是缘分，把它放到纪念册里，供诸位同好者围观，哇哈哈~

附咩咩成长史：

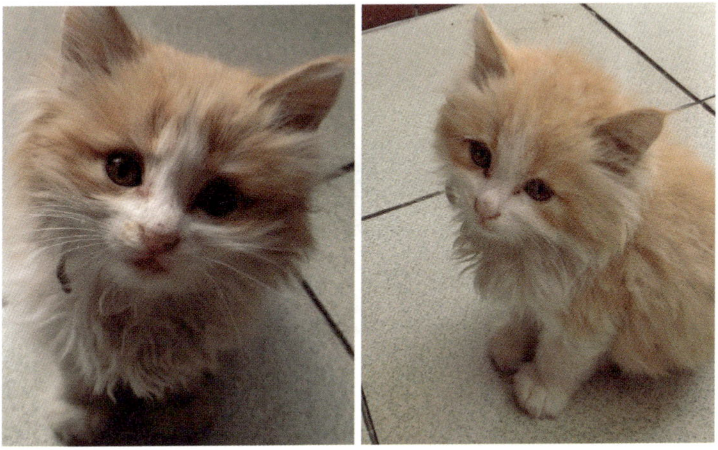

▲刚来时的模样，脏兮兮的毛球，可怜巴巴的小眼神儿。

▲慢慢在成长，可怜巴巴都是装的，已开始初步学习猫爪拳。

▲专家说，睡眠促进身高，

所以要尽量睡得销魂些。

▲渐渐出落得英俊潇洒了，假装有文化的喵星人，当书模毫无压力。

▲喵星人的另一爱好是，主动把自己装进各种袋子里，并摆出各种不同款式的表情，从无辜到凶狠……

▲偶尔，也有45度仰望天空的深沉~内心独白是“天啊，我这么帅，难道是上天的安排！！”

▲不过，帅完了还是得继续睡……

▲有时还会偷拿主人的手机玩自拍，各种邪魅狂狷……

▲最后，以正常的姿态，祝贺主人出道十周年，你多写多赚钱，才能给咱多买小鱼儿~吼吼。

回到过去
变成猫

文/陈词懒调

很多人知道我、是从《回到过去变成猫》开始的，当时有很多人问过我，是不是养过猫？

当然养过。

一直觉得养猫得看缘分，碰到了，就养。大学时候碰到过太多人，养着养着就将宠物扔了，有兔子、仓鼠，有猫，有狗。我一直觉得吧，就算是宠物，决定养的时候就得承担责任，负责到底。

某个夏天，我捡到了两只被丢弃的大概两周大的奶猫，一只三花，一只白底黄花，是被连猫窝一起扔到垃圾桶旁边的。

奶猫太小了，婴儿用的最小的奶瓶都比它们大，眼睛都没完全睁开，一直叫，叫累了就睡。

我以前也从没养过这么小的奶猫。这种两周大的没断奶的猫太脆弱了，送去最近的宠物店，宠物店的老板都不收，说太小了，养不活。

没办法，只能领回家自己养了。在宠物店买了宠物专用羊奶粉，没喂奶器，就去婴儿用品店买了个最小规格的奶瓶。两只奶猫装在饼干盒子里，叫了个滴滴打车，带回家。

回家之后，换了个大些的纸盒，依照奶粉盒子上的说明，冲奶粉，试温度，大概是饿狠了，两小只吃得也猛。一开始我不得要领，奶瓶的奶嘴太大，容易将奶瓶里的奶弄到它们脸上，又怕它们呛住，或者堵塞鼻孔，慌忙用纸巾去擦，好在以前上学时做动物实验抓过其他小动物，抓奶猫还是有点基础的。

只要能吃，总是好的，吃完之后两只就睡了。两周大的猫，大概三四个小时就得喂一次，不然就一直叫，我晚上起来冲奶粉喂猫，基本上没睡好觉。

一开始两只奶猫随地大小便，垫着的软毛巾得换洗。那时候六月初，天气不是很热，小奶猫得保暖，所以一直垫的衣物，后来买了一次性的尿垫垫在衣物上，也不冷。

熬了三天，每天没睡好觉，那时候网上连载的更新都断了，不过心里还是很高兴的，因为两只奶猫没出什么问题。

我发现那只三花会选择在纸盒的另一端撒尿，就在另一端垫上纸巾，尿湿了就换干的。没两天，另一只也跟着三花，过去纸盒另一头拉纸巾上，然后爬到远离纸巾的一头睡觉。猫天生爱干净，上厕所这点真没让我担心多久。

从一天三四个小时喂一次，到四五个小时喂一次，捡回来十天后，两只小的也从爬，到学会走路；眼睛全部睁开，能看见东西了，能折腾了，睡醒就开始爬纸盒，从近半米高的纸盒角落处翻出来，到处跑。

看它们爬纸盒爬得太勤，我们就直接将纸盒扔了，换了个垫地上的猫窝，猫窝旁边不远就是用鞋盒盖装的细沙，将它们尿过的纸巾放在上面。

大概是闻到纸巾上的味道，开始在细沙上大小便了，也慢慢开始埋便，这些是天生的，不用教就会。

大概是土猫生命力本就强，捡回来每天都有变化，隔两天就有很大不同了。看它们经常爬沙发，我就去买了个猫爬架。一开始还担心两只太小，用不上，猫爬架买回来将它们放上面也怯怯地叫。我也不强迫它们，猫爬架就放那儿，随它们怎么办。

后来就看到它们睡醒了起来疯的时候，开始爬猫爬架了，一开始小猫只能爬上面缠着麻绳的柱子，没几天力气更大，就能顺着柱子爬到架子上面的窝了。

捡回家一个月之后，两只的食物不再只是羊奶。我们将幼猫猫粮泡软再给它们吃，一天三四次，也不用半夜起来喂食了，晚上睡觉之前喂一次，第二天早上起来喂一次。

大概是从小跟人接触，当宠物养，两只就算发脾气也不主动挠人，最多低吼一下，没什么攻击性。

白底黄花的那只吃完就比较呆，每天睡觉的时间多；三花那只就很调皮了，钻鞋子，钻沙发缝……到处爬，家里老人拿着平板玩游戏，它也蹲一边看，有时候会伸爪子去拨屏幕，抢着玩。

所以，那时候每天看到的就是——

小白在睡觉，三花在爬沙发。

小白在睡觉，三花在爬电风扇。

小白在睡觉，三花在追苍蝇……

吃得多睡得多，能长身体。这两只就很明显，从那么一小点，慢慢长到 2 斤，3 斤，5 斤……后来看小白明显比三花大，猫爪子明显粗肥一圈，改名叫肥仔，三花叫花咪。

肥仔 8 斤的时候，三花才 6 斤，抱着明显轻很多，爪子虽然相比肥仔要小很多，但很灵活，还抓过不少虫子。家里没老鼠，也不知道它们到底能不能抓，肥仔可能抓不到，这小胖子跳起来都难，憨笨憨笨的。三花应该是可以的，虽然三花看着小一圈，跳得高。

有时候晚上码字更新完毕，起来去洗漱，习惯性先去找猫。客厅没见到猫，一去洗手间，肥仔蹲面池里拨水龙头玩水，而三花可能在任何地方，有次屋前屋后没找到它，一抬头，那货正蹲在冰箱角落里静静地看着我前后找猫。我觉得它应该看得挺高兴。

养猫的人总会遇到怎么都找不到猫，却在某个不经意的时候突然发现，它们就在你眼皮子底下的情况。

最好笑的是去年冬天，我怎么都找不到三花，每个角落都找过了，叫也不应声，拨玩具抖猫碗，都没能听到动静，吓得我以为它翻窗户跑出去了。后来我妈去我房里将被子一掀，那货正窝在里面，没睡，就窝里面支着耳朵听动静呢！大概它喜欢看着人类前前后后急得满头汗地找它。

现在肥仔更胖了，除了每天疯跑的时候，基本上就是吃了睡，睡了晒太阳眯眼睛发呆。三花还是好奇心很强，喜欢蹲饮水机前看着我们去接水，然后在某个不被人注意的时候去碰饮水机的开关；或者盯洗衣机，在洗衣机转动的时候去拨洗衣机的旋钮，听着旋钮拨一下"叮"一声。

只要听到洗衣机发出"叮叮叮叮"没节奏的声音，就知道是猫又在玩洗衣机了。

衣柜的门也是关不住的，柜门是滑动式，两只都会开柜门，然后进去里面找地方睡觉。

房间门不锁的话，半夜三花会跳起来拨动门把手开门，然后开衣柜进去睡觉，或者直接挤床上睡。大门不锁也关不住了，三花会开门……

过年那段时间，厨房门一直关着，大概是看到我们每次开厨房门都会先开灯，以为要开厨房门就得碰灯开关，有次我码完字开门出来，就见三花站在凳子上，扶着墙拨厨房门旁边的灯开关。

它们很聪明，其实《回到过去变成猫》里面很多人觉得夸张的场景，都是有现实例子的。猫真的是一种神奇的生物。

很多时候，猫不是听不懂你的话，而是，它们听到了也听懂了，却当作没听见。

猫盆 ¥10

宠物萌萌哒

编著
江南 等

总策划
朱家君

选题策划
熊 嵩

执行策划
杨涵玉

责任编辑
尹 旋

封面设计
李雅静

宣传营销
郭海洋

运营发行
常蓦尘

出版社
长江出版社

总出品
漫娱文化

平台支持

图书在版编目（CIP）数据

宠物萌萌哒 / 江南等编著 .

—武汉：长江出版社，2017.5

ISBN 978-7-5492-4964-0

Ⅰ. ①宠… Ⅱ. ①江… Ⅲ. ①散文集－中国－当代 Ⅳ. ① I267

中国版本图书馆 CIP 数据核字（2017）第 080852 号

宠物萌萌哒 / 江南等著

出　　版	长江出版社 （武汉市解放大道 1863 号　邮政编码：430010）
出　　品	漫娱文化 （湖北省武汉市积玉桥万达写字楼 11 号楼 19 层　邮政编码：430060）
出 版 人	赵　冕
选题策划	漫娱文化图书
市场发行	长江出版社发行部
网　　址	http://www.cjpress.com.cn
责任编辑	朱　舒
装帧设计	李雅静
印　　刷	深圳市福圣印刷有限公司
版　　次	2017 年 5 月第 1 版
印　　次	2017 年 5 月第 1 次印刷
开　　本	880mm × 1230mm　特规 1 / 32
印　　张	7.5
字　　数	175 千
书　　号	ISBN 978-7-5492-4964-0
定　　价	35.00 元

电话：027-82926557(总编室）　027-82926806（市场营销部）